少女忽必烈

陳又津

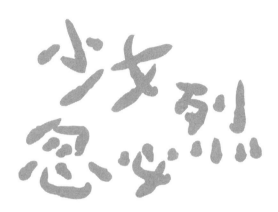

我想讓所有的事情看起來都合情合理，
這樣，我們全都能得到幸福，
沒錯，我們就不用緊張了。
我編了謊話，所以他們都很高興，
於是我把這個悲慘的世界變成了一座樂園。

——馮內果，〈你知道笨蛋是指什麼嗎〉

＊本故事純屬虛構，與實際的人物、故事、團體無關

代序

大叔

駱以軍

突然之間我哭了起來。我寧可失去一切但願我並沒有哭，然而我是哭了……

——沙林傑〈麥田捕手〉

後來，我就變成大叔了。事情也並非那麼戲劇性或不甘願，但難免有點惘然。「本來我也不是……」我對少女說：「但不知怎麼就發生了。」其實也沒不好，譬如《美麗人生》裡那個把眼前一切鐵灰色、集體被剝奪去人性的軍人和等待屠宰者向孩子描述成一個獎品是車的大遊戲；或者如The Big Fish那個唬爛了一輩子的挫敗流浪者老爸。「世界不是妳眼前所見的那個樣子……」那是一個選擇，當你意識到你已不可能如年輕時幻想的扮演一白銀盔甲，將被灰稠虛無吞噬的孟克世界翻轉回來，當你的心靈如月球表面被無人知曉黑暗中無數殞石擊打得凹坑累累，當你像老去的阿瑪蘭妲，「孤獨已在她的記憶中作過選擇，把人生在她心頭堆積的懷舊的垃圾燒光，使最辛酸的一部分淨化了，擴大了，變成不朽了。」你要選擇：是變成一隻微笑、瘋傻、言不及義的老狐獴？（少女說：「可愛的大叔，沒有愛，就是等著我們這樣的少女去救贖。」）或是，怨毒地，冰冷地，重描傷害現場，像年輕時看相米慎二的《颱風俱樂部》，美麗、純潔的少年少女在颱風夜被困在無大人在場的校園裡，心智早熟如金閣寺般嚴格精密的少年男主角，打電話給似乎是他未來時光成人版的老師求救（他只是來不及長大，否則那老師是他設定的，靈魂心智的對手與父親），但真相是老師已在時間那端沉淪進塌毀的、泥汙般的人生。在電話另頭，像劍道高手的對峙，在酒女和刺青大哥的酒桌唱著卡拉OK的老師，醉醺醺對著少年狂吼：「你不必瞧不起我！有一天你一定會像我一樣的。」少年說：「我絕不會變成和你一樣。」

後來我才理解，大叔們崩潰失去該有之尊貴與品貌，說出難以承受之重的話語瀝青，是對那熠熠發光鬃毛鬣鬣的年輕獅子或斑馬，懷抱著時光劫壞之前的懷念和痛愛。當不成救贖者（終於發現原來我不是手握飛行石的那個預言中會拯救全族命運的神選之人），於是只好當守護者。

是的，麥田捕手，沙林傑。（少女說：「大叔，問題是，你太不專心了。你咕嚕咕嚕囉哩囉嗦在幹什麼呢？」）有一天他們告訴我這位老人過世了。天啊，像一個祕密的黃金誓咒，當我們那年代的少女們全學著張愛玲的腔口說：「成名要趁早。」「我的靈魂是一襲華美的袍子，上頭爬滿了跳蚤。」我們少年，全被荷頓的台詞給附魔了：

妳曉得我喜歡做個什麼人嗎？我是說如果我能有所選擇的話？

「如果一個人在穿過麥田時抓到另一個人。」……不管怎樣，我老是想像有一大群小孩子在一大片麥田裡遊戲的景象。成千成萬的孩子，沒有人在旁邊——我是說沒有大人——除了我之外。而我站在一個非常陡的懸崖邊。我幹什麼呢？我必須抓住每一個向著懸崖跑來的孩子——我是說如果他們跑著跑著而並未注意他們所跑的方向，那麼我就從懸崖邊出來抓住他們。那就是我成天要做的事。

天啊！

當你年輕時，當你二十啷噹，生命的旅程以及所有視窗，記錄器、里數錶、火星塞才都拆封啟動，輪胎的溝痕仍簇新而深刻，這樣的句子一旦鑽進腦海，那就注定了你日後必然變成大叔的命運。像那些為著美女納米瑞娥的妖仙之貌瘋魔而死的男子，腦殼剖開，裡頭會流出琥珀色的香膏，這些原是美少年的大叔們，因為相信了荷頓的那一套，所以被生命折磨得形容枯槁，淚眼汪汪，靈魂裡總有一小塊暗紅炭火燎燒發出焦枯味。

大叔們歷經人世千百劫難，各式傷害、遺憾、倒楣，最後馭繁為簡、百感交集的一句話：「不要讓人感到屈辱。」少女在msn寫著：「有一個我極在乎的老師，那天痛斥我其實是個平庸的人，有一些小才氣，整天渾渾噩噩。我打電話給他，兩人在電話互吼，我哭著告訴他，對不起我讓你失望了，我就是這麼平凡的女孩子，我就是胸無大志……」我沉吟許久，簡短打下一行字：「別理那些平庸的大人。」我聞到了什麼？物傷其類另一枚大叔是也。大叔們難過時光的負欠，何時起他們變成了徹底對荷頓嘮叨說教的那個胖子老師？我們好像在傳遞經驗，其實是橫柴入灶不甘願結晶於我們腦海那微物之神般，一個時光濃縮的模型，被證明只是「一次性」的空無，它除了變成難以言喻的個人故事，竟沒有可資借鏡的教訓。在這種虛無且自厭的溼熱空氣裡，有一些大叔沒忍住，嘮叨著嘮叨著便神明渙散在人們看不見的暗巷把手伸進了跑離麥田其中一個落單少年少女的胯下；有的大叔則在和小女孩胡說八道了一番「香蕉魚的好日子」，他知道此生再也不可能遇見這麼個華麗高貴天性仁慈的夢中可人兒（等她們稍長大，那魔術立刻收殺而去），他離開陽光明亮的海灘，走回旅館房間，把槍塞進自己嘴裡扣擊……

荷頓說：「我被那些天殺的電影害慘了。」一開始他只是為恍神對著良善修女噴煙而瘋狂道歉，一開始他只是擔心冬天中央公園的湖面結冰那些鴨子該到哪去呢，一開始他只是生氣地將博物館那些小學生必然經過的牆上被人塗鴉寫上的髒話穢語擦掉……

有一次我在城市最大的那座森林公園外頭人行道，遇見一個全身裹滿髒汙暗色布衫的流浪漢，正在激切地咆哮咒罵：「幹你娘×××——破××——你娘——操××……」從那茄子般醬紫色頭顱扭曲成一團的憤怒五官劇烈噴出的連串句子，穿透了車潮聲，我隔著一段距離慢慢經過他，心中難免忐忑，怕是個有攻擊性的瘋子，但後來我發現事情不是那麼回事：我看見他一臉哀切的淚水，像個被欺侮到超過底限的小孩。我聽懂他斷斷續續句子裡的「事件」：有個人經過這個骯髒礙眼無害的流浪漢，對著這一攤靜置植物人間失格的怪物吐了一坨口水。

他哭哭啼啼，抽噎地指控著，但不知怎麼用語言梳爬這其中最暴力的羞辱和不義，於是又用丹田悲憤地大罵：「破你娘老××。」像罵天。我回頭看背後那空蕩蕩的人行道，遠遠的幾個可疑的西裝族、慢跑者或高中生背影。我想走過去，撫摸那被人類無意義之惡驚嚇而快速扭動布滿眼淚的臉（「我已經被生命打到最底了，你們何須再補上這一腳？」），我想告訴他：不是這樣的。不該是這樣的。

我年輕時曾在我家巷子裡一個類似私塾的道館學武術。我大約是在那修習到第二年時才發覺原來我身邊那些穿著漿白柔道服的少女同儕們幾乎全被那仙風道骨的老師上過了。事實上當時我和屈指可數幾位習武少年根本是這個私塾裡的贅物。我們傻頭愣腦氣貫丹田地打拳吼叫，根本像大氣層外緣的人造衛星碎片殘骸永遠飄浮在漆黑冰冷的無重力狀態。永遠不會知道事物的核心。我也是過了某一年紀才體會到那個像星系環繞著那位父親形象的老師的少女們，其實允合大自然裡包括母獅群、母河馬群，某種靜謐神祕而足以進化出雄性更「歲月靜好」之均衡關係。但我印象極深是其中一個叫花枝的女孩，她可能是那群少女之中唯一沒被那老師染指過的。講得粗魯一點，我著實並不理解為何我們那老師會放過她，她其實並不醜，身體發育尚未完熟其實和道館其他某幾個削瘦中性女孩無分軒輊。我想可能是性格裡某些偏激特質，以我那時的年紀無法領會但已使那站在時間流置高點的採集者嗅出危險而卻步。但在那記憶稀微隱晦處的黑白片影像裡，我記得花枝當時到處拉道館裡師兄姊的落單時刻，以各種不同版本描述我們那老師和她獨處時刻的種種肉體親狎細節，在封閉的轎車前座，在諸人皆離去的道館榻榻米，在某個比賽的體育館更衣間……我記得當包括我，所有的師兄妹被花枝這樣夾纏追著繪聲繪影描述那個暗影伏流的禁忌，臉上都露出憎惡汙鄙的表情。重點是我們全認為不可能，我們的老師不可能上她。但她這樣四處散布並不存在的色情畫面，卻無人能出面喝阻（試想其中一位少女打斷她：「胡說，老師上我的時候，那步驟和細節是怎樣怎樣才對……」）。

許多年後我想起這件事，人生的雜駁沙粒被淘洗，裸剩的悲哀印象只在那女孩慌亂倔強的填補感。

那其實不是我想說的。在這個意識到自己對人世之領會竟大部分踩踏在追憶鏡面上的時點，為什麼故事的感人處是在於荷頓始終沒上過那些跑馬燈嘩啦啦每一個在她們青春時光玩耍的女孩（包括那個妓女）？我年輕時噴淚的高潮，是最後那個被禁錮在小女孩身軀，卻是小說史上最性感慧黠最療癒系女神的他妹妹，在大雨中騎旋轉木馬的那一幕，他們簡直在談戀愛嘛。我年輕時一直恐懼地想著這個假設：如果從麥田那頭跑出，脫離其他人，哭哭啼啼往懸崖這邊跑的，是花枝呢？一個麥田捕手該不該衝上前抓住她？你站在那懸崖邊待太久了，慢慢暈散著這恐懼：麥田裡會有什麼怪物衝出來？想想看，荷頓之於小孩，和三十年後變成大叔的荷頓，之於只加了十歲的麥田小孩變成的麥田少女。同樣的麥田和懸崖，同樣的跑出和抓住，同樣的軟心情和憤世嫉俗，為什麼畫面就變得有點噁心變態？（看吧，我年輕也是會像荷頓擔心冬天公園裡的鴨子該到哪去，擔心這類問題！）後來讓我茫然無措的不是大叔上了少女（那可是俺羅曼史的起點哪），而是大叔為什麼要把少女攫抓進不該屬於她的陰鬱又腐敗的恍神時光？朝少女走去，決定「抓住她」之前的一刻，大叔最後梳理的對世界的相信和節制是什麼？作為大叔，我從很久以前就蹲在麥田圈外的懸崖邊了，「如果一個人在穿過麥田時遇到另一個人」，我等著那個脫離人群向懸崖跑來的孩子——當然最好是個少女，這是個類似《第五元素》的愛情故事嗎？——我曠日廢時孤自蹲在那兒吸菸，心中琢磨該如何跟她從頭說起，我該用什麼形式跟她說這將眼前世界每一事物翻轉的故事？我該以什麼角色出現在這故事中才能誠實說出我看見的，而不嚇跑她？

於是，如荷頓所說，一切都該怪那天殺的電影，我和少女，在這個長鏡頭的兩端對峙（對不起是有些像周星馳在《大話西遊》最後一幕城垛上以東洋武士和朱茵分站群眾仰望戲台兩邊的場面），所有發生過的，所有擔心過於矯情，過於亂擠淚腺，所有因為我們之間年齡落差而使我涕泗滂沱口不能言「我流浪時光之所見」，全會因我走向她而啟動快轉鍵，我將菸丟下用鞋尖踩熄，理了理破外套，像電影裡演的那樣吐口口水在掌心，揉開後抹順自己的頭髮，下了決定朝少女走去，我將腳步邁得又大又挺，目光炯炯盯著她，我知道我的每一步都啟動著魔術，因為我周圍的光度和聲音都在改變，我感覺我的臉變得毛毛扎扎的，我突然聞見了干擾這故事進行的但卻那麼洶湧擁擠充滿形狀的味道：腐爛的清新如薔薇露水的手機上塑膠膜套指紋的鹹腥味行道樹根土壤下方三公尺深那些白色蠕蟲的蛋白質濃郁芬芳像一團金光包圍住我的灰塵的質粒感……

我走到少女跟前，我忘記了我想好的該跟她說的第一句話，但我仍保持尊嚴兩眼有神看著她，沒想到她蹲了下來，一臉溫柔看著我（啊我真愛死她了），並且親狎地撫摸我的額頭、耳際和後頸（這原是W傳授我，和幼齒網友少女第一次見面，不動聲色卸除對方防衛的第一招），她裝出跟小孩講話的聲音對我說：「咪，咪，你從什麼地方來的啊？」這一切原該是我預想中對她做的動作說的話，卻全顛倒錯置了，但我除了極力保持尊嚴（我微弱地說：「女孩，別輕慢我。」），覺得這一切好舒服好幸福啊……

女孩從背包掏出一只手機，對著我啪喳照了張照片（這冒犯了我），然後按了一些鍵，過一會對著手機說：「你看到沒，我遇到一隻黑貓，長得好怪……好像……好像一個大叔的臉喔。」

目錄

「元朝的時候，中國來了一個威尼斯人，他周遊四方，並替大汗見證了他的帝國。」

「那不是馬可波羅嗎？」我問。

「四個字不是太囉嗦了嘛，我想叫破就可以了。」

還來不及確認她的話是真是假，少女迅疾用報紙在我雙肩一點，青年就這樣被授與騎士的儀式，從此我的自尊和本名都化為烏有。

第一章 破

少女踏著機械人步子在夜中行進，她穿著綁帶涼鞋，露出美好的腳踝，眼睛骨碌碌地在百元服飾和特價鞋款間轉著，那些誇張而庸麗的量產品，不知怎麼地吸引這個脫俗少女的注意力，一間小小的店便逛了十來分鐘，與其有時間看那些商品，不如多花點時間在我這個人見人愛的研究生吧！好吧，我承認我只是無法接受她穿衣的品味，籃球褲配廟會黃T恤，實在跟路邊穿學校運動外套的阿伯沒有差別。

本來這個下午，我在維特咖啡店與老闆阿寬打屁，談論為什麼過去時代有這麼多偉大作品，一定是因為小說家從小就在公爵夫人那充滿蕾絲的客廳裡生長，和美麗的女人說話，白天穿著緊身馬褲沿著靜靜的頓河散步，旁邊還傳來蘋果樹的香味……

「既然無法成為大師，不如到我這裡來打工吧。」

老闆這麼說，粗框眼鏡底下露出一副閱人無數的神情。

可惡，竟然被看衰寫不出畢業劇本。

「我一定會把靈感女神帶回來給你們看看！——」

只記得這句話在空蕩蕩的店裡回響。

當我發現自己清醒過來的時候，已經坐在公車裡面，脫離了忠孝仁愛信義和平這些路段，在三重的街廓翻來繞去，周圍的機車騎士一等綠燈亮起就像賽狗一樣狂奔而出。

——肚子好餓。

這時才發現我把錢包丟在咖啡廳桌上。

黑髮少女繼續前行，雙肩扛著一只登山背包，這是她全身上下唯一看起來算是正常的東西，也是我在茫茫夜市中最好的定位工具。不過……為什麼逛個夜市要揹個大背包？難道她是自助旅行者？我在腦中搜尋著可以跟她聊的話題——遙遠的異國、香料、旅伴、鄉愁等等。

少女忽然轉進暗巷，潮溼的氣味迎面而來，兩旁卻是龐克系和cosplay的店家。忽然她停下腳步，腳上的綁帶斷了一條，現下只能拖著鞋底前進，難道、難道、難道就要這樣向資本主義屈服了嗎？少女回頭，環視剛剛走過的店家，我趕緊轉過視線看著店家擺放在門口的花俏領帶，該不會她早就發現我跟蹤她的事實？或者她只是在考慮進哪家店買鞋才好？這裡可不是俗俗流血大特賣老闆瘋了的價位，她會怎麼辦？

少女走了過來，神啊拜託讓少女忽視我的存在吧，要打動少女的心，我希望能以更華麗的方式出場。少女走入店裡，從穿著吊襪帶的店長手裡接過酸梅湯。兩人一杯又一杯。

此時我身邊也走來戴帽子的男店員。

「挑領帶嗎？」

「嗯……是啊。」

「想要哪一種風格呢？」店員露出少年特有的靦腆，像小貓一樣可愛，千人斬一般的職業笑容。

少女與店長兩人相談甚歡，但我不能一直留在這裡東挑西揀討人厭，「那就這一條吧！」

「好，那我先拿去店裡包，要自己用還是送人呢？」

「不用包沒關係。」正要掏錢包的時候，發現我沒帶錢出門。「對不起，……我忘了帶錢。」

「住附近嗎？我可以幫你保留。」

「沒關係，我之後再來就可以了。」當然不會再來，少年手上拿著的亮粉紅色領帶，買了我也絕對不會穿出門的。背對著少年狐疑的眼光，我走到轉角處。

少女也走了出來，手上拿著兩個紙杯，腳上還穿著壞掉的涼鞋，看來她只是在那邊聊天喝茶，忽地反手從垃圾堆中的麥當勞紙袋抽出沒用過的紙巾，擦拭過後，脫下涼鞋，我才發現她的腳滿是傷痕，小趾起了微紅色的水泡、大拇趾突出的骨頭紅腫破皮，腳後跟接觸鞋緣的地方滲出血絲，為了忍受美麗，女孩們得遭受多麼慘痛的苦難呀，為了表示敬意，我幾乎要遞出腳上僅有的帆布鞋，少女卻在此時將腳尖踏入紙杯，從背包掏出寬膠帶，自杯口繞過她美好的腳踝，以芭蕾舞者的姿態，蹦跳出了這條晦暗的巷道，投入燦亮廉價的夜市主流。我想我們一定看過同一部電影。

她一定是上天派來要讓我完成畢業劇本的靈感女神！

必須追上她。

那個在人潮中蹦跳的黑色背包。

背包繞過三個大嬸開的果汁店，黃昏市場留下的賣魚人家，還裝進了街角菸攤賣的清涼寫真。少女抄進餐廳後方的防火巷，這條窄路因為洗碗的汙水漫溢而長滿青苔，餐廳後巷數個橘色的大水桶，塑膠碗盤泡在肥皂水裡，撞擊出清脆的聲響，一雙雙戴著手套的手看不出年齡，蹲在板凳上洗碗的臉毫無疑問是清一色的歐巴桑。

少女元氣十足地和大嬸打過招呼，走到巷底比較乾燥的地方，蹲了下來，從背包掏出罐頭，不知道從哪鑽出的貓咪依序前來，安靜地享受這一場盛宴。

她繼續向前走，燕尾飛簷金色屋頂在漆黑的巷底矗然而立，是靈光殿。

少女跪在階前，低首合掌，雙頰因為搖曳的燭光，染上晚霞般的紅暈。她的願望是什麼呢，大概是考上大學之類的吧。接著她起身去拿供桌上的森永牛奶糖，頂在額前，繞香爐三圈，往廟口的空地走去。

原本蹲踞在榕樹下的街友自動讓開，身上叮叮咚咚落下一大堆東西：

生鏽的美工刀、脫色的金手錶、寫著阿拉伯文的草紙……大叔們單膝下跪，等待指示，猶疑的少女選定一雙赭紅色木屐，兩人擺開陣局，薄如蟬翼的棋盤紙在凝滯的氣氛中文風不動，夏季的蟬聲也暫停鳴叫。

鞋子壞掉了的無助少女，要用什麼來當賭注呢？

少女突然扭動幾下，從腳踝抽出小熊內褲押在桌上。

大叔們發出足以撼天動地的喊聲，彷彿自開天闢地以來，那樣深沉哀愁的宇宙之聲。

我覺得、我覺得，我腦裡的保險絲燒斷了。

少女笑著接下那雙赭紅色木屐，踢著喀啦喀啦的聲音，向更深的夜裡走去。

★

騎樓下無人探問的漆黑幽闇，咿呀一聲打開的公寓大門，黑貓從剝落的紅色扶手一躍而過，賣菜燕的推車發出噠、噠的聲音，時間一分一秒流過，少女要走到哪裡？

喀啦喀啦，踩著木屐的步伐毫不遲疑。就這麼向前走，會看到什麼樣的風景？

大學畢業。在求職網頁上搜尋不可能適合自己的工作：業務、行政、公職、技術員……對於職業的想像發散在不斷分歧的網頁上，卻沒有一項自己能嵌合進去，而是陷入更廣大迷茫的可能性——然後當兵，朝九晚五，偶爾喝喝啤酒，看看村上春樹的小說，結婚或者不結婚，可以的話就買房地產，暗戀來公司做員工訓練的日語老師……

喀啦喀啦，少女的木屐敲碎了這種想像，她會走出一條我們所不知道的路徑，我知道，她擁有把修羅場變成遊樂場的超能力。

有什麼在前方等著我們呢？

——全亮通明的屈臣氏。

她拿起新品入荷的眼影在手背上試了試，打算半小時後看掉色程度再決定要不要買，或者早看好了型號，只是來拿貨付帳，這是我陪前女友逛街的心得，不料少女竟直接穿過屈臣氏，推開玻璃門，逕自往二樓走去。

停用的電動手扶梯給人不祥的預感，地板還有檳榔汁的紅漬。

二樓是婚宴廣場，今天是陳黃兩家的喜宴，但賓客稀稀落落。

三樓是爆響的小鋼珠店，茶色的玻璃門後有個穿熱褲坐高腳椅的女孩。

四樓是世界撞球場，幾個年輕人從自動門走了出來，瞟了我一眼。

少女走上五樓，紅黑相間的地毯維持得十分整潔，像是高爾夫球場的草皮。透明的看板夾著電影海報，爆米花的香味以排山倒海之勢襲來，——我快窒息了。

為了打發她排隊的空檔，我站在旁邊用手機查詢這棟「天台廣場」的來歷：從歌仔戲台、旅舍、澡堂到八〇年代改為綜合性娛樂事業，因此有了剛剛看到的撞球間和遊藝場、柏青哥、冰果室，還有許多用玻璃隔開的窄小店面，如今景氣衰退，這些商店大多用報紙貼著，招牌寫著護膚保養克麗緹娜，要不就是刺青、情趣用品，還有賣水晶的印度人混跡其中。民國七十五年曾經發生KTV大火，造成七十多人死亡……我不想再看下去。

差點沒發現少女朝另一個方向走去。

原來這裡還是有電梯的，而且有五台。但我不知道她在哪一台裡面。

蒙眼射飛鏢的機率，靈感女神的考驗。我按了下樓。門叮咚打開，那圓圓的眼睛望向我：「你要下樓嗎？」

「不，我上樓。」

「好吧。」少女似乎有些失望。

贏了！這步棋下對了，等下再跑到樓下假裝巧遇就行了，失而復得的喜悅，會讓她對我卸下心防。

叮咚，門關上。

抬頭一看，六樓以上全是巧緣賓館?!

賓館賓館賓館那我上樓是要去哪裡啊？剛剛那個眼神的意思是覺得我一個人上賓館很奇怪吧？

這種印象，就像大學時代為了舞台設計課，和同學們開賓館做場景研究，當我簽下名字的時候，櫃檯看著我們三人不懷好意的那種微笑。

五樓、四樓、三樓……

跟蹤狂還是變態什麼都好，現在唯一要做的事就是去一樓攔截她，不然我可能會永遠錯失認識靈感女神的機會。

快、快、快、快，衝出安全門，急速向下跑，樓梯間迴盪著踏步的聲音。

拜託屈臣氏絕對要攔住她！

一樓到了。

門卻開不了，該不會是安全門上鎖了吧？現在跑回五樓也來不及，剛剛我關門的時候五樓該不會也順便反鎖了？

火災？背脊突然一陣悚涼，在火災裡逃不出去的亡靈該不會想找我抓交替吧？

不要走——

一樓是人來人往的屈臣氏，至少發出點聲音讓人注意這邊。

門口有滅火器，用這個說不定能撞得開，不管了，就這樣殺出去吧！

鐵門發出巨響，應聲而開，滅火器的泡沫噴濺出來，感謝觀世音

——少女仍在我面前。

「欸？」少女看向我。

「是我。」我一臉鎮定。

所有婚宴、小鋼珠、撞球間和賓館的客人全圍到天井欄杆旁，看向中庭這裡。

「那兩個也是一夥的！」

一名金髮少年衝來跟我撞個滿懷，後面跟了幾十個持刀棍的兄弟！

「拎娘咧——」

兄弟們一擁而上，除了跟隨金髮少年死命奔跑外沒別的選擇。

出了大門遇到兩個要牽腳踏車的高中生，但他們不知道做了什麼虧心事，一看到我們也拔腿就跑，周圍的店家立刻降下鐵捲門。十幾人跑在凹凸不平的騎樓，變成了一隊跑步大隊。

「右轉！」少女發號施令，我急轉直進巷子，留下其他三人被追

殺，希望明天報紙上不要看見他們的消息。

「走這裡。」一條房舍間只容腳踏車經過的巷子，兩旁屋簷低矮，甚至能清楚聽見屋裡的人在看什麼節目，紗門微微泛出神桌上桃紅色的光芒。

穿過巷子，到達一處社區的小公園，夏天的晚上星空正明亮，最後還是和你在一起了，想著該怎麼自我介紹，該怎麼發展我們的關係。

微妙的平衡，一踩就會斷。

我該展現溫柔的那一面，還是果決的判斷力？

就像單手解開內衣扣弄痛對方，人家因為你生澀的手法而呵呵笑了起來，就結果來說是沒什麼不好，但就是令人有些不快，現在就是這種感覺。

反正也不會有比被當成變態更糟糕的事了。

少女卻先發話了：「我跟你說。」

「嗯？」

「元朝的時候，中國來了一個威尼斯人，他周遊四方，並替大汗見證了他的帝國。」

「那不是馬可波羅嗎？」我問。

「四個字不是太囉嗦了嘛，我想叫破就可以了。」

對於一個嫌歷史人物名字太長而任意改動的傢伙，我也不奢望她要尊重我什麼的。「算了——你可以長話短說嗎？」

「我是忽必烈，請和我一起拯救世界。」她說。

還來不及確認她的話是真是假，少女迅疾用報紙在我雙肩一點，青年就這樣被授與騎士的儀式，從此我的自尊和本名都化為烏有。

如果說吳爾芙是一個找不到出口的靈魂，眼前這個自稱忽必烈的少女大概就是一顆找不到引信的未爆彈。引爆之後，會讓世界毀滅或是成為夜空中的煙火，無人能夠預測，唯一可以確定的是——十九歲的怪異少女、二十三歲的正直研究生，完美的質數，命中注定絕對不可以相遇的兩人相遇了。

★

街道入夜仍是十足熱鬧，咖啡店裡的熟男靚女都閃人了，巷子裡還有人搓麻將；貓叫春、狗亂吠，這是家常便飯，還有樓上醉漢打老婆，嬰兒夜啼哭；放血拔罐國術館不插電。有了靈感女神在前方領路，我的劇本大業必然成功在望，等我回過神來，已經不知道跟她走了多遠。

「你真的叫忽必烈？」我問。

「不然你有什麼意見？」少女頭也不回。

「沒、也沒什麼啦。」

她從背包裡面拿出一本脫頁的舊書，不單是封面，連目錄、版權頁和導讀都掉了，幸好從頁眉可以判斷書名是——《看不見的城市》。心有靈犀一點通，毫無疑問，這一定是命運的紅線。如果你問我在世上最美的夢幻之作，我也會這麼回答。

蟬聲大作。

「忽必烈在姓名學裡面，是大富大貴的格局。」她說。

呃，雖然我懷疑那本命理書的立論，但從歷史的角度來看，也不能說是不對。

「那破是怎麼樣的格局？」

「不知道。」她聳聳肩。

說穿了你根本就是隨便取的吧?!

「話說回來，忽必烈，現在我們到底要走去哪？」

「唔，開疆闢土這種事不是騎士負責的嗎？」

算了。我拿出手機定位，只見一顆亮點孤獨地懸浮在黑色螢幕之上，周遭沒有任何道路。這裡偏僻到無法接收任何訊號，只有這名少女身上發出的古怪電波。

★

鑽出工廠旁邊荒僻的小徑，來到貨車來往的疏洪道路，飆車族不時呼嘯而過。路的左邊，「麗美歌坊」、「春光同歌會」、「長青K歌中心」之類的卡拉OK，一眼就知道是異色空間，店門口放著兩尊法老人面獅身像，瀏海吹得老高的阿姨坐在機車椅墊上面蹺腳望著天空發呆。

「噯，還有菸嗎？」

阿姨冷不防冒出這麼一句經典搭訕對白。

「謝謝你。」她接過忽必烈的菸，見者有份，我也拿了一支，站在旁邊默默聽這兩人對談，端詳著忽必烈拿出來的菸，濾嘴上面的字，越看越不對勁，極細簽字筆手寫：Kaster 7。

「這是假菸吧?!」

我手上的菸短得幾乎快燒到手。

「不會啊，看起來跟真的一樣。」阿姨說。

「我可以教你喔。」忽必烈說。

「好啊好啊。」

忽必烈從背包中拿出（用碎紙機打碎的）菸草和捲菸紙，並示範如何用針頭在紙的邊緣上一層薄薄的膠水，把整支菸接合起來，如此便能完美地點燃而不會中途熄滅。她們變成了喜歡串珠的女學生，分享彼此對於手工藝的愛好，在黑色的機車椅墊上奮力鋪平半透明的宣紙。

阿姨拿著剛黏好的菸，對著路邊的水銀燈透光檢查，我也看了過去，說時遲那時快，阿姨對上了我的視線，她看著我，我看著她。

「這個生得不錯喔。」

我確定背後沒人，所以——這位阿姨竟然現在才發現人見人愛的我的存在。

「沒有啦，你過獎了。」忽必烈笑笑回答。這句話應該是我講才對吧！我最痛恨別人搶我台詞了。

阿姨上下打量著我。「還是學生嗎？」

「是啊。」我答。

「學生最好！」阿姨拍了拍我的肩膀。「……抗議、起衝突、被警察抓，都不會被告，做做勞動服務就可以囉。」

誰來告訴我這到底有什麼好啦?!

卡拉OK店之後是一片廢墟、空地、檳榔攤，只有一家便利商店像北極星一樣閃耀。亮晶晶的落地窗外面，附設上百個的平面停車位。屋頂上插一枝細竹子上掛三角黑旗，大門左右兩側種了一些野草。剛下班的鋼管電子花車辣妹、要去挑桿的高四生還有看著免費雜誌的失眠老人全都在這。結帳櫃檯上方，是一座金碧輝煌的神龕。

我錯了，沒有一家超商會這樣大張旗鼓拜關公。

這不是連鎖超商，是招牌顏色很像的超級雜貨店。

「要啥？」剃平頭的老闆頭也不抬，聽聲辨形便知來者何人。

「我的晚餐。」忽必烈回答。

「幫你準備好了。」

老闆從底下長得像保險櫃的小冰箱，拿出一袋冷凍飯糰、青菜、水果、營養口糧，全部都是剛過期的食物。忽必烈就提著那一整袋，走到停車場空地，用不鏽鋼飯盒煮茶，路過的少年少女都會來聊兩句，再去忙他們的事，是說都午夜十二點了，你們到底要忙什麼，明天都不用暑期輔導或回家睡覺的嗎？還有現在的飲料越做越花俏，少年少女留下奇形怪狀的寶特瓶，忽必烈接過的時候還流露閃閃發光的眼神。

「你還真是喜歡寶特瓶啊。」我說。

「當然。」她說。「你喜歡也可以賞賜給你。」

「那倒不用。」

她撕開冷凍飯糰的塑膠紙，洗淨雙手，剝下海苔，把飯糰整顆丟入煮沸的茶湯，飯糰經過攪拌後，散了開來，再撒上海苔絲就可以吃了。

「以少女、少年、大叔之名，偉大的遊民茶泡飯啊，我要開動了！」這是她用餐前的祈禱文。

雖說是古怪的料理，但意外地好吃。

「為什麼是少女、少年、大叔的順序？」我問。順便添了第二碗。

「這是按照觀賞價值來排列的。——其實我是少女收藏家，專門收藏純種少女。」

感覺還蠻有意思的嘛。

「這種東西，我是說少女，你從什麼時候開始收藏的？」

「你是我的第一個收藏。」她說。

不過比起吐槽這件事，我還有更在意的問題。「你說遊民茶泡飯？所以你是遊民嗎？」

她一臉不可置信地看著我。

「難道你不知道嗎？」

「……現在知道了。」

★

遊民忽必烈與我，帶著幾個空寶特瓶、一疊報紙和紙箱，沿著柏油渣做的老舊階梯上堤防，堤防靠河側畫著愛護水資源的宣導標語，旁邊蹲著一群不知該往何處去的野鴿，正好襯托出我無助的心情。堤防下原本是闔家歡樂的河濱公園，但工程停擺，這裡變得荒煙蔓草，風一吹來，整片蘆葦叢隨之搖動，野草甚至長上了堤防邊緣，成為宣傳標語的立體布景。想要棄屍的話，這個地點再適合不過。

橋下與堤防形成的半開放空間可以遮風避雨，有人擺了一張彈簧床就倒頭大睡，床腳擺著喝完的維士比。忽必烈抽出幾張報紙，替那睡著的流浪漢蓋住裸露的胸膛肚腹，左右兩側用蘋果和南瓜壓住。如果這張床是一張塔羅牌，那牌面上的構圖，應該就像一手持劍、一手持天平的正義女神。

頭上的重新橋不見車輛往來，路肩上全是臨停空車，電子看板顯示：颱風即將到來。空氣中的亂流，毫不留情地攪動被丟棄的塑膠袋，塑膠袋像鳥一樣飛高、盤旋，俯瞰這座城市，又迅速降下。

眼睛忽然感到一陣刺痛。

「小心！」忽必烈大喊。

我們立刻抱頭臥倒。

堤防下的草叢間發出動物走動的聲音。

黑色的陰影中閃出一個人形。

是一個流浪大叔，手上拿著用竹筷改造的十字弓，弓箭中央還綁著雷射筆。

「怎麼會有人在這裡？」大叔搔著頭。

「還好不是槍。」鬆了一口氣。

「這只是雷射筆啦。」

「但被那東西射到的話，還是會死人的吧！」我說。

「啊，是可以打穿山豬沒錯。」

「喂！不要隨便說出這種恐怖的話。」回頭看飛箭射過之處，草叢間露出一條整齊的直線。

恐怖的聲響突然從地底傳來，不，原來是大叔的肚子。

「肚子餓了……」

「這樣的話，那我們就來烤肉吧。」忽必烈說。

「為什麼你連烤肉用具都帶在身上？」我問。

「我想如果有朋友拜訪的話，可以一起烤肉。」

「颱風天哪來的朋友啊！」

「喔，你沒有朋友啊……」她點點頭。

你話不要只聽一半！雖然我單方面絕交了許多人，但朋友這種東西多少還是有的！

「那我就不客氣了。」大叔喜孜孜地開動了。

根本沒人在聽我講話是吧！

望著那把竹筷改造的十字弓，半個人高的十字弩，卡榫部分由紅紅綠綠的橡皮筋代替，尖頭的部分用女孩子綁頭髮的那種螢光色橡皮圈繫著。眼前這個熊一般的大叔揹著弓走在路上，一般人很難不去注意到。

為什麼警察沒逮捕這種公共危險恐怖分子？

「我……我只是來打獵。」大叔露出與他年齡不符的無辜眼神。

浪漫的颱風夜、兩個人談心的甜蜜時光，全被這大叔毀了。更糟的是，連我的戲分都被他搶了！

★

「八〇年代做的是軍用品生意。」大叔如此開始他的故事。

那個時代不管做什麼都會發財，但他的生意卻持續延燒到九〇年代，甚至還成立上市公司，後來合夥人帶著技術和人脈轉移，大叔的店只剩下業餘的軍事迷支持，很快就撐不下去，把工廠收起來，在正義北路租了一間小小店鋪度日，至於妻女早在他事業發達之時離開，因為他從來沒關心過家庭，要回頭也嫌晚了。

當老婆寄離婚協議書來，他才發現自己有家人這種東西，兩個女兒不知不覺間已經長大，在外地念書。從此以後每個月初匯錢過去，只剩下這樣的連結。

也沒有你們想的那麼難過啦，大叔說，他發現郵局有個很方便的功能，就是定時定額匯錢的約定帳戶，但他還是喜歡每個月五號跑去刷簿子的感覺。

「有時候遇到星期一人很多，還會特別開心。」

等到他戶頭裡的數字漸漸空了，父親的存在感也越加稀薄，錢對他最後只剩這麼一點用處。

大女兒要結婚的時候有發喜帖給他，但他覺得自己實在沒有資格出席，就在花街裡喝到爛醉。

回到店裡的時候，財產被小偷洗劫一空。

阿卡德、克莉絲蒂娜、薇菈波娃……全都被吸進闃暗的穹蒼。

「把克莉絲蒂娜還給我啊——」

大叔聲嘶力竭呼喊著每一支刀槍的名字，空蕩蕩的房間卻不為所動。

哭完的時候，天已經亮了。

他擦乾眼淚，心想打給警察也只會被留檔存查，不會有人去追索克莉絲蒂娜（其實是一支俄國製半自動手槍）的下落，他拉下鐵捲門，留下積欠三個月的房租，隻身踏上尋找真愛的旅程。

他走了又走，連作夢都在走，遇上麻煩就像個硬漢那樣憑拳頭解決一切。直到某天晚上，他在一家自助餐廳後巷重拾自己的夢想。

那天他幫打烊的歐巴桑提垃圾，垃圾袋破洞，露出用過的竹筷，他忽然想起小學做過的竹槍，就把那天的竹筷揹回家，「隔天歐巴桑自動幫我把筷子洗乾淨，放在籃子那。」這位大叔意外地有人氣嘛。

「我替她們的小孩做各式各樣的竹槍，當然也給自己做了一把，但我不是小孩子，當然想做更大更好的。」他指指手上這把十字弓「偽．小飛鷹」。

少年時代的大叔靠著非法打工，買到櫥窗裡的小飛鷹，開心了好久，好像因為擁有這套弓，自己能在什麼地方待下來，也因為研究十字弓的契機，開展後來的事業，結果自己竟然忘了曾經擁有這個東西。

於是大叔用從自助餐廳的垃圾桶蒐刮的竹筷和橡皮筋，憑記憶造出小飛鷹的模樣，再經過不斷的測試，模擬出類似的殺傷力，帶著它到處旅行。終於有一天，他累了，躺在河濱公園正中央，看著晴朗而殘酷的天空，想著生命有什麼意義，結果他花了三十秒就想通：這一生根本就是個騙局而且他媽的沒有意義，這四十多年根本就被父母學校老師和別人給誆了！他站起來，從河濱公園往淡水河的方向走，當時的心情無比悲壯，結果連電影也騙他，水深最多只到膝蓋，河底下根本就是一堆爛泥巴。算了，他連找別的方法去死都懶。

從此以後，大叔就在河堤旁邊定居下來。

有一天，幾個來河堤打ＢＢ彈的小夥子想勒索大叔，結果反而被十字弓的威力嚇傻，「扔下身上的現金就跑了。」

「哇，有多少？」

「全部加一加大概有五十萬。」

「太多了吧？」

「現在的年輕人比起我們那一代都好富裕吶。」他感嘆。

「我現在身上可是一毛錢都沒有。」為了澄清誤會，我把兩個口袋都翻出來，必要的話裸奔也沒有問題。

「我也沒有。」忽必烈學著我拿出背包裡的東西。

「你們不用擔心，我不缺錢，那五十萬到現在都還沒花到。」他指指紅白塑膠袋裡用報紙包起來像垃圾的東西，「錢對我來說，沒什麼用。只是希望有一天發現我死掉的人不要太困擾，能用這筆錢替我埋葬。」

這個男人在世界上真的什麼都沒辦法留下啊。相信過的家庭價值、朋友道義，到頭來以完全相反的面貌現身。

★

大叔跨越橋邊的水泥護欄，衝上路肩，腳步不穩，撞到旁邊停著的車輛，嗚嗚叫的警笛為這個夜晚揭開了序幕。

忽必烈叼著一片土司，揮舞著空塑膠袋，在橋上的分隔島奔跑，然後脫下木屐在各式轎車的頂棚來回跳躍。

滄海笑滔滔兩岸潮

大叔帶頭唱起《笑傲江湖》的電影主題曲，我們敲著不鏽鋼飯盒和鐵筷伴奏，接著唱：

浮沉隨浪記今朝

敲飯盒的節奏越加鏗鏘有力，最後大家一起對著河川、橋面、天空吼著：

啦～啦啦啦啦

啦～啦啦啦啦

啦啦、啦啦、啦啦、啦啦、啦啦啦啦啦啦～

劈啪燃燒的篝火熱烈參與這場盛會，碎爆的小火星向天際飛去。

如果那天橋上發生什麼縱火案，犯人絕對就是我們沒錯！

★

「欸，你們大學生都很忙嗎？」大叔問。

「我是研究生。」我說。

「我不知道，我沒念大學。」忽必烈說。「請不要把我跟他相提並論。我的人生可是充滿目標的呢。」

等一下，大學有什麼不好嗎？

「聽說我們家妹妹大學沒考好，雖然上了第一志願，但是不幸掉到了戲劇系。」

這大叔真是令人不爽。

在兩名大學懷疑論者的包圍下，連我都開始懷疑自己的價值。就讓我來告訴你戲劇系到底有多忙吧。每天晚上都要準時排戲或上工，這樣白天當然不想上課，好不容易抽出時間上課，大家也都坐在最後一排，趕服裝技術課的手縫作業。所以別的系所都認為戲劇系很神祕，但我們只是作息跟大家不太一樣。

「你剛剛幹嘛不說！」大叔突然情緒激動，血壓都升高了。

「喂，你剛剛有問我嗎？」

「那她有沒有乖？上課會不會愛講話影響到班上秩序？」

你這個問題應該早個十年問級任導師才對吧！

「我可以看她演戲嗎？我只要遠遠地看就可以了，你幫我看看這個。」大叔從塑膠袋拿出一張皺皺的ＤＭ。

我看了一下：大一製作，免費索票。

一聽到免費，忽必烈就舉手說她也要去。

★

鹿鳴堂劇場本來是T大中央廚房預定地，但因為資金籌措不足，放著荒廢，無巧不巧被某個正在慢跑的戲劇系主任發現，隸屬文學院底下的系主任雖然無權無勢，但還是秉持文人的良心跟教務處說：「既然你們不用，那是不是可以給我們廢物利用？」從那一刻起全戲劇系誓師要做本校藝術學院的先驅！十數年後，戲劇系還是歸文學院管轄。其他有權有勢學院的學生則搖頭帶著輕蔑的微笑說：「咦？T大有戲劇系嗎？抱歉我不知道在哪裡耶。」於是，戲劇系成為——系館就在進校門右邊第一棟，抗議或是cosplay的民眾都知道跑來尿尿補妝，卻意外沒有存在感的幽靈系所。

「喂，你怎麼還在學校！」

好一陣子不見的大學同學出現在驗票入口，我萬萬沒想到竟然是在這種情況，「你對劇場還這麼有熱忱，連大一製作都跑來幫忙。」

不、完全不是這個樣子……

「好囉，那你繼續加油。」他身旁挽著一個綁丸子頭像是從雜誌走出來的上班族女性，對我擺出「已售罄」的笑容。我還來不及解釋，下一個觀眾進來他就走了。

可惡這傢伙根本就是來免費約會的吧！

觀眾陸陸續續進場，一個穿燕尾服的男人在大廳飄來盪去，太正式了，根本就是比演員還要像是個演員……那不就是大叔嗎?!

「我怕穿得不體面，會害女兒被別人笑……」

「在十六世紀的時候，劇場其實是貴族互別苗頭的地方，仕女子弟紛紛穿著最華貴的服飾，也可以說是一種交誼的場合吧。」

忽必烈熱心地為我解說，好像她才是戲劇系的一樣。

散場時，忽必烈不知打哪弄來一束鮮花，交給大叔。花的包裝紙是報紙分類廣告，上面寫著小野貓酒店經紀月薪十萬、純理髮、廚房學徒、你要粗工嗎。

「這花哪裡來的？」我問。

「從門口的祝賀花籃拔過來的。」忽必烈回答。

「只有拜拜的才會這樣包，絕對沒人會送女演員這種花。」

「糟糕，那得趕快拿回來。」

來不及了，大叔風度翩翩，捧著報紙包的花束走向一名學妹。

★

半露天的熱炒店前面，彼此友愛的酒客相互攙扶，走入計程車。即將被殺的魚貝蝦蟹在水中優游，對於未來的命運跟我們一樣茫然無知。

兜售口香糖和無花果的小女孩四處叫賣，大叔把她叫過來，從塑膠袋裡面抽了幾張紙鈔，把她現有的貨全都包了。

小女孩手裡緊緊抓著紙鈔，眼眶含淚。

「叔叔！謝謝你！你要我做什麼都可以，而且……我一個字都不會跟別人講。」天曉得這小孩除了賣口香糖之外，還做過什麼交易。

大叔揮揮手打發她走，叫她要用功讀書，早點回家睡覺。小女孩一面走，一面回頭，好像大叔隨時會衝過去咬她的樣子，然後，頭也不回地拔腿逃跑。

「唉，難道我看起來像怪叔叔嗎？」大叔感嘆。

「我覺得……還好。」忽必烈說。

「這樣說就是有的意思！」

大叔再度邁開悲壯的步伐，往熱炒店二樓走去，因為他的女兒就在裡面等他。

★

「你以為送花我就會原諒你了嗎？從小到大的家長會、運動會、畢業典禮、升學考試，你有哪一次出席的？每天我都得靠著自己的力量，從校門口回到家，你知道、你知道路上要打倒多少人嗎?!」

大叔只是低著頭，靜靜聆聽學妹的話，但我越聽越覺得學妹不是省油的燈。果然，遺傳了大叔的戰鬥基因，高中畢業的時候，已經成了北區高中的扛霸子，這次戲劇系的大一製作就是她從此退隱江湖的告別會。《玻璃動物園》中由她所詮釋的蘿拉，看起來完全就是楚楚可憐、弱不禁風的樣子。

學妹從酒櫃拿下一瓶高粱。

「那些事都過去了。你別光是不說話，起碼，做父親的……也得罰三杯才對吧！」

一杯、兩杯、三杯。

咚。杯底碰桌。力道之強，有那麼一瞬間我以為清蒸鱸魚又復活了。

這年頭的少女都這麼海派嗎？

如果大叔是M，那學妹無疑占據著S的地位。如果大叔是S，那學妹就是N。被虐和施虐，南極和北極，大概可以表達這兩位給人的感覺有多麼不同了吧？

只有划酒拳的方式像一個模子打出來的。

氣勢、速度、喊聲，消融了這些年所形成的障蔽。兩雙手、四隻拳頭，行雲流水，交織成一片外人不懂的斑斕結界。

也許這就是世間稱之為父女的關係。

★

喀啦喀啦，名為忽必烈的少女踢著木屐，在新月的光芒下繼續前進。至於我們的好騎士破，無論是出於無奈或自願，差不多也算是加入了超級遊民的行列。

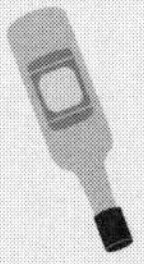

傍晚七點一到，夜幕籠罩，紅燈籠瞬間亮起，照亮周遭小徑。

遊行要開始了。

燈暗，海潮聲緩緩由遠而近。主持人旁白說這就像回到子宮中溫暖的羊水。

電腦燈模擬出藍色的海波，在舞台上閃耀。

全場沸騰，大叔們的青春與淚水全在此刻爆發。

第二章

在動物園散步 才是正經事

我，在世界末日來臨之前，遇見命中注定絕對不可以相遇的青年。

那天下午我一如往常，鑽出蓋在身上的過期報紙，把借來的精裝書放回書架。然後，發現自己一直活在異常的世界中。白色的天花板白色的牆壁彩色的書，腳踩藍白拖的阿伯翻閱時尚雜誌、身穿蕾絲洋裝的小女孩捧讀魚類圖鑑、刀疤男沉醉在言情小說之中——嚴格來說，圖書館裡面的人沒有一個不奇怪。

我明白了！看書的人都有一種違反常識的重力，會把周遭事物吸入某種怪異的黑洞。有了這個覺悟，我決定尋找普通的東西。

徒步進入人聲鼎沸的夜市，普通的牛排香味和普通的情侶，百元服飾和特價鞋店塞滿了普通的少女，她們開心所以我也開心。走進沒那麼亮的街道，腳下的涼鞋斷了，這也許是綁帶涼鞋普通的宿命，只好暫且踩著紙杯繼續前進。走到巷子裡餵貓，看貓咪低頭吃飯的樣子真是普通，但貓耳和貓尾巴卻含有萌要素，這樣就一點也不普通了。

我在眾神面前雙手合十，希望能讓我遇到一個普通的人，發生一件普通的事。出了廟，在廟口遇見一群街友，和他們說起我普通的煩惱，聽完之後他們神色不是普通的凝重。

我走進熱鬧的天台廣場，想打探消息，結果發現這裡龍蛇雜處，距離「普通」可以說是非常遙遠，走到五樓的時候腳就瘦了，這是很普通的事。走進電梯，不知道過了多久，卻始終沒下降到地面，時間長得令人害怕，如果遇到停電，而且在空氣用完之前還沒有人來搭救，我就會在電梯裡面死掉了吧，不，我無論如何都不想要這種異常的死法！我按下紅色緊急鈕，無人回應。對監視器做出求救的童子軍暗號，沒想到這個社會不是普通的冷漠，居然沒人來搭救。

前面突然一亮，電梯口出現了一名青年。

原來我忘記按下樓梯的鈕。

他沒看見我剛剛丟臉的樣子吧?!話說從剛剛到現在，電梯都沒移動過，這棟大樓還真不是普通的荒涼。

關上電梯之後，我才想到，跟外面那些刺龍刺鳳的比起來，這名青年可以說是普通中的極品，穿著T恤和牛仔褲，頭髮經過仔細修剪，四肢健全（但有隱疾也說不定），全身上下散發著普通的氣息！

電梯下樓。現在後悔也來不及了，他一定上樓去了。

一樓到了。門打開的時候，我又看見那名普通的青年。

他真真切切站在我的面前，有呼吸、有體溫，眼睛一眨一眨，額角滴落大顆的汗水。怎麼會發生這麼神奇的事？他知道他是普通人的翹楚嗎？就算知道，又要怎麼樣像變魔術一樣出現在我面前呢？

我知道了，在電梯外面等著我的，一定是普通的平行世界！

勇者在冒險的開端都會去武器店、護具店、藥草店，騎士也不例外。雖然現實世界不像角色扮演遊戲，但謝天謝地，我們還有萬能的跳蚤市集。根據可靠的消息來源，每次決鬥之前，地方有名的S高中都會到橋下的跳蚤市集採買。

在天色漸晚、百鬼夜行的逢魔時刻，我們到達重新橋下的沙洲，三教九流全匯集到這個地方，偌大的一片棒球場成了舊物集散中心，從盆栽、電鋸、收音機到筆記型電腦都有，兩尺見方的攤位上凌亂地擺著各種物品，有閉眼沉思的大同寶寶、解放軍六五式紅衛兵帽、脫色的機械手錶、鏡片破了的望遠鏡……，老闆本身也無心做生意，大多時間都在跟旁邊的店家聊天。一旁的公廁設有洗手台，鏡子旁邊掛著告示：「請勿在此洗頭」——果然是歡迎在這裡洗頭的意思呢，旁邊還貼心地放了烘手機。

眾家攤販沿著河邊形成一條光帶，延伸到地平線的另一端，有人叫賣、有人跳樓大拍賣、穿著短褲的大叔在溜貴賓狗，地上散落著食物殘渣塑膠袋。

武器店的神祕商人跟我們解說各種刀劍，用曬衣竿把長刀從鐵架上勾了下來。躺椅上的遊戲機顯示為「勇者鬥惡龍九代」，主角正停在魔王城之中與妖精族和獸人夥伴並肩作戰，所以這位神祕商人一定是好人。

整把刀沉甸甸的，刀刃全長四十公分，中央刻了一道細細的血溝，據說刀尖插進物體之後會形成真空，血溝是為了把刀儘快拔出來，提升存活的機率。而我挑中的蒙古刀，有比較多的裝飾，通常不是用在戰場，而是日常切肉飲酒的時候，刀鞘邊還附了象牙筷子。

「原來蒙古人這麼早就知道要攜帶環保筷，比我們還早落實了幾百年。」我不禁讚嘆。

「姑娘好眼光，很能想像蒙古人豪放不羈的生活吧。」

「那就豪邁不羈地賣給我吧。」

不可思議的有緣價，成交。

「你要塑膠袋嗎？」神祕商人拿著超長紅白塑膠袋問我。

「不用不用，我自己帶了背包。」我笑瞇瞇地向商人道謝。

他將刀慎重地平舉齊眉，交到我手中。

「姑娘，人生於世，不過數十寒暑，寶劍今天能交到您的手中，是小弟的榮幸。這是我的名片，而且無論是保固、維修，這裡都有說明書。再會，祝福您有無限美好的未來。」

●

「你覺得老闆為什麼賣那麼便宜？」破起了疑心。

「不是說有緣嗎？」我說。

「我覺得一定有詐，這把刀之前說不定砍過人之類，老闆急著脫手。」

「那他的攤位也太明顯了吧。」

「所謂大隱隱於世，我想就是這個道理。」

「我現在立刻去退。」

「來不及了，上面已經沾了我們的指紋。」

「那怎麼辦？」

「只好製造不在場證明。」

「兩個人都要嗎？」

「兩個人都要。」

「別說這種傻話，」我用手掌抵住破的額頭，「說明書拿來看看。」

耐高溫、高熱，可切割貴金屬，提供宴會雕花、食品處理、園藝修割之用。比方用紅蘿蔔雕刻白兔，需蹲好馬步，右肘上揚，吸氣提肛，以輕柔撫摩之勢落刀。最後一項功能是永久性地界：把劍插入目標之中，再用劍鞘敲擊三下，就永遠無法拔出——這不是亞瑟王的石中劍嗎？

我好希望趕快找到機會，揮舞這把寶劍。

傍晚七點一到，夜幕籠罩，紅燈籠瞬間亮起，照亮周遭小徑。

遊行要開始了。

為今夜活動暖場的是C高中的純男子啦啦隊。也許有人不知道C高，但這個學校以培育了許多科學家、工程師、政治人物、作家還有美少女而聞名，而且這個學校的畢業生不知為何都以老娘自稱。

少年們高舉著鮮紅色的彩球進場。他們年輕燦爛的笑容引起了大叔群的狂亂嘶吼，一呼十，十呼百，整個沙洲頓時為之撼動。

這時，場中央一名穿著希臘長袍，妝扮成雅典娜的少年，想必就是啦啦隊隊長，舉起纖纖細腕，細長的食指輕點朱唇，示意要大家安靜下來，全場屏息以待。

燈暗，海潮聲緩緩由遠而近。主持人旁白說這就像回到子宮中溫暖的羊水。

電腦燈模擬出藍色的海波，在舞台上閃耀。

鋼琴前奏一下，空氣感的刮擦，是〈鳥之詩〉！

少年唱出乙太般乾淨明亮的歌聲，啦啦隊舞群整齊劃一的動作，呈現出他們排練已久的青春，大叔們想起年輕時代玩的戀愛遊戲，不禁潸然淚下，有的甚至一邊哽咽跟著哼唱起來。

隊長的一舉一動，撩撥眾人的心弦。間奏重複時，啦啦隊變換隊形，一記重拍，瞬間拉下制服，露出僅有的丁字褲。

全場沸騰，大叔們的青春與淚水全在此刻爆發。

●

「十八啦——」

香腸在烤架上必剎彈跳，油滋滋的汁液香味四溢，同樣的比喻也可以用來形容包圍香腸攤的大叔。他們的眼神之熱切好像加熱香腸的不是燒紅的木炭，而是他們專注的目光。

「不行了啦！再賭下去我就要脫光了！」老闆高喊。

可是這位把吊嘎單邊撩到肩膀又袒出肚子的老闆，我的視力二・〇但是我看不出來你現在跟脫光了有什麼差別。哐啷哐啷的骰子在缺角的碗公中，隨著人類的意志而滾動。看著吧，我會改變它們的命運。

「破，借我內褲做賭注。」

「為什麼是內褲？」

「因為人會忘記帶錢出門，卻不會忘記穿內褲。」

「為什麼是我？」

「也對，我自己也有。」

破嘆口氣，拿出信用卡，向上彈了一圈押在鐵板上，姿勢很帥。但老闆說這裡不接受刷卡，只收現金。破把卡片交到我手中說：「忽必烈，別盲動，在這裡等我。」

我望著他，暗自發誓要賭贏一整箱香腸，才不枉費這番情義。他邁開悲壯的步伐，逕自走向地平線的彼端，雖然我想跟他說公廁就在我們旁邊。

於是，兩個在錯誤的地方擁有自信的人，分別踏上了征途。

區區一件內褲是吧，不穿也沒人知道，隨便找個草叢換就好了。沒想到草叢後面，後面的後面，矗立著一座跟周遭景色完全不搭的豪華旅館。大使館風格的白色建築，門口種了一排椰子樹，從地面要走上二十多個階梯，才能到達舞會大廳。那是一片花邊、網紗還有絲帶的海洋。最重要的是——裡面全是可愛的、富有同情心的女孩子！

我三步併作兩步，衝上去找人借零錢。

「那邊不行喔。」穿著黑緞晚禮服，頭髮向上梳成一個優雅赫本頭的女人，笑著挽住我的手，走向大廳旁邊的調酒吧。

「我要一杯馬汀尼。——你想要些什麼？」

「威士忌。謝謝。」其實我心裡想的是十塊錢。

「喜歡跳舞嗎？」

「不喜歡。」

「嘻嘻，我也覺得。」

「我很抱歉。」

「難道學校裡都不用練習大隊接力什麼的嗎？」

「我討厭跑步，大隊接力也從來都沒有認真跑過。不過我也不知道該怎麼樣才能不被選上大隊接力，大概要醫生開個什麼心臟病證明之類。」

「我就有心臟病。」女人指著她潔白的胸脯，那肩膀就像大理石一樣，給人清涼的感覺。「所以我一直很想加入大家，但是沒辦法，後來我偷偷地加入國標社，希望有一天能夠在旋轉的時候死在大廳上。」

「抱歉……我不太會跳舞。」我在短短三分鐘內就道了兩次歉。

「沒關係，死在床上是第二順位的選擇。」

她一口乾掉馬汀尼，藍色的指甲在水晶燈的照耀下閃閃發光。

於是，我現在站在浴室裡，拚命把自己全身清洗乾淨，因為對象是漂亮的姊姊，我不想顯得很急躁或太溫吞，洗完澡拚命看著出水孔，多希望這時候它塞滿了毛髮，讓我能多拖延一分鐘也好，但這是總統套房，根本不可能會有我希望的問題。

當威士忌裡的冰塊還沒融化，我就跟著這女人走進電梯，到達最上層，期間我一直想著要什麼時候開口借十塊錢，但女人臉上的笑容太可愛，脖子和手背看起來也保養得很好，看起來沒有遭受毒品控制，不知不覺就跟著她走到了房間門口。我們吃完了鵝肝醬和德國豬腳，女人笑著稱讚我的食量，那只是因為我想拖延進入下一個階段，吃完了女人叫我先去洗澡。現在，我下半身圍著高檔浴巾，盡可能抬頭挺胸走出浴室，但一打開門，房內的冷氣讓人牙齒打顫，幸好女人一直看著窗外的夜景。

趁現在，非說不可！

「吶，哪一架是你的？」

女人手指著旅館旁邊的大草坪，中間還有一塊平整的跑道，旁邊全是停著的直升機。

「那那那、那是停機坪?!」

她看我這麼驚訝，就說客人為了保密行蹤，都搭私家專機過來，忽地她瞪大眼睛說，難道你不是嫖客？這裡是特級應召站。

原來國高中時代辯論的「我國政府應設立色情特區」這種題目根本沒有意義，這裡已經存在。

完了，剛剛叫的客房服務，賣了我這輩子也還不清吧。

「對不起！」我大聲喊了出來。「其實我是來借錢的！」

「咦——？」

「因為我不敢跟路邊的大叔借錢，想找個女生借，所以就混進來了，如果太冒昧的話我馬上出去真的很對不起——」

沉默了半晌。

「呵呵呵呵，我還是第一次聽到嫖客跟妓女借錢，你要借多少？」

「十塊錢。」

「什麼？你不是在開玩笑吧。」

「不是。」

「十塊錢可以幹什麼？」

「買香腸……」

「你自己要吃的？」

「不是。」

「可愛的女孩子？」

「什麼？」

「要買香腸的人啊。」

「呃……算是吧。」忽必烈如果可以用可愛來形容，那全天下的大叔都是傲嬌系了，但現在我也不敢解釋這麼多。

「喜歡就說喜歡嘛，不坦率的話，會讓幸福溜走的喔。」女人打開抽屜，扔了一條內褲過來，「拿去。」

我打開內褲，裡面悄悄藏了一個十元，也許可以稱之為愛。

我把內褲摺好放在床邊，捏著手裡的十塊，趕緊穿上衣服。

女人自始至終都嚴肅地瞪著我，忽然噗哧一笑。

「欸，你幾歲？」

「二十三。」我回答。

「什麼嘛，原來跟我一樣。」

「欸？」

「欸什麼？你想說我看起來比二十三歲老吧。」

「沒、沒這回事，我覺得比——」

「少來！」慘了，被識破了。女人像是突然想到什麼，「你還是學生嗎？」

這種萬年對話一出現，我可以想像後面一連串無趣的問答。

「是。」

「哪間學校？」

「T大。」

「哇這麼厲害，你一定很會念書。」明天報紙會登T大學生夜探應召站的標題吧。

「沒這回事，我是念戲劇研究所。」

「細菌？那要做實驗囉？」

「戲、劇。DRAMA AND THEATRE.」

「T大有戲劇研究所喔？」

「還有大學部。」

「怎麼都沒聽過。」我怎麼知道為什麼你沒聽過。

「……你覺得很無聊吧？」

「不會。」只是一般無聊而已。

「如果我說羨慕你，你大概也會覺得那又怎樣。但我只是不想和世界完全斷開而已，這樣你可以明白嗎？」

「大概。」其實我一點都不明白。

「沒關係，快拿著這十塊錢去找她吧。女孩子是老很快的。」

她拉開門鏈，推開門。

「也許這輩子我們就見這麼一次，bye。」

「謝謝你。」

女人輕輕地揮手，我頭也不回走在旅館的走廊。越走越快。

等不及一層一層的電梯，我直接從旋轉樓梯跑下大廳，衝出那衣香鬢影的大使館。外面的強光照得人睜不開眼睛。

感覺像是買了什麼不需要的東西。

我用快要把胃吐出來的力氣跑了起來。

破不知道哪裡去了。他雖然書念得太多，腦子有點壞掉，但不是那種不告而別的無情男子。因為他常常站在咖啡廳的落地窗旁邊講手機，告訴他這個那個朋友，為什麼他不能去聚餐打牌，雖然那些原因都是假的，但這也不能怪他，編劇大概都需要這種訓練。如果他能把手機關掉，把力氣花在鍵盤上面，那他可能已經拿到了好幾個學位。

既然破真的去借錢，又怎麼會這麼久還沒回來？其實借不到錢也沒關係，只要把內褲脫下來就好啦。說到這，他會不會是沒穿內褲，但不好意思跟我說呢？我錯怪他了。找到破以後，我一定要送他很多內褲，紅的、白的、豹紋，隨便都可以，不，就算他是不穿內褲派的，我也可以接受這樣的他。

派報工讀生站在市集中心，有如八爪魚般向四周發送傳單，有些人道謝，有人視而不見，也有人惡狠狠地瞪那工讀生。

我想，我在傳單上找到了破沒回來的理由。

這座沙洲上面竟然有劇場。

今天上演的劇目是——在動物園散步才是正經事。

——這到底是哪裡？

背後的草叢一陣聲響，我立刻臥倒，眼神對上從草間鑽出來的貓。貓瞧了我一眼，便毫不畏人地直直穿越我走過去。

動物一定有求生的本能。跟著牠走的話，說不定能走到安全的地方……對了！牠是要去找吃的吧，循著食物的香味走，一定可以到達人多的地方。

三色的尾巴搖啊搖，貓發現我跟過來以後，原本悠緩的尾巴節奏，不耐煩地抖了兩下，然後速度加快，卻又好像因為自尊心的關係，不願意拔腿狂奔。怪的是這貓也不挑險僻的荒徑，而像人一樣走在草木稀疏的獵路。

貓見我窮追不捨，越走越快，但這是我唯一活命的機會，怎麼樣也得緊緊跟住。

牠停了下來，懶懶地向我喵一聲。

但我只是聳聳肩，表示身上沒有任何吃的。

可是貓好像不是在跟我討吃的，而是叫我趕快走開，但叫我走也不知道走去哪裡，只能繼續跟著牠。

貓轉頭恢復原本輕巧的步伐，只有想到的時候才加快腳步。

感覺就像貓在遛我似的。

撥開芒草叢，一座古宅矗立於這荒地之上。這個市集有鬼屋嗎？但規模未免也太大了吧。全黑的屋頂和梁柱，匾額上寫著淡金色的「百鬼堂」。門前散落數十個便當，貓兒正眼也不瞧便當一下，逕自走入側門。

一個人、一隻貓，走進深不可測的鬼屋。

手水缽咚咚地為我們的腳步伴奏，古宅內不見人影，也沒有恐怖的音效、毛髮或衛生紙。一塵不染的程度簡直就像是峇里島的頂級度假村，好像拍拍手就會有穿著紗麗的女人從角落跑出來，門廊間的流水灑了花瓣，貓君舔了幾口又覺得難喝似地跳上櫃子，感覺是不想在比我低的地方。

貓君來回在幾個紙門間徘徊，努力向內嗅了嗅，最後決定伸出貓掌，在牠抓破紙門之前，我替牠開了門。

好像被剝奪了什麼樂趣，要罵我又覺得麻煩似的，貓君不悅地瞟我一眼。

這才發現牠有眼影耶。

黑色的色塊分布在眼睛正上方，本來就黃澄澄的眼睛更加分明，前後腳都穿著及膝白襪。

貓君走入紙門。那是附桌燈的獨立化妝間，從刷具到特殊化妝模組都有，再經過置放服裝的巨型倉庫，突然被一個聲音叫住，我心涼了半截。

「快把這件外衣套上。」婆婆從陰影處走出來，幸好是個人類。

「去翼幕準備。」

四下看了看，貓不在這裡。

我是笨蛋嗎？有這樣的配備和空間，只能是——

劇場！貓如果在劇場裡面亂逛，可能連命都會沒有，只有入口沒有出口的舞台基座、電線錯綜的升降燈桿……我在貼滿螢光膠帶的黑色地板上跑了起來，但又要注意地面凹凸不平的管線，放慢腳步，翼幕裡的工作人員似乎都覺得我是演員，不由分說就幫我快速換裝，而那隻貓正在舞台上！

被舞群推擠出去，我走上舞台被燈光炫得睜不開眼來，梵谷正在切下耳朵，我帶著耳朵下場，抬頭一看，貓已經爬上管線滿布的燈桿。

向燈光工作人員要來長得像情趣玩具的安全腰帶，捲起燈籠褲穿了上去，冒著生命危險往三層樓高的鋼架爬，腳底不停地冒汗，寬大的衣袖又擋住視線，看不清楚自己究竟踩在哪一條橫桿上。

調整呼吸，抓好橫桿，重新站穩，一步一步地往上爬。

爬到最上層，已經滿頭大汗，扣好安全鎖確定自己不會掉下去之後，看見坐在燈桿上的是一個小學男生，穿著橄欖綠雙排扣外套，高起的領子上打了一條深藍色蝴蝶結。

男孩穿著毛呢短褲，膝下的白襪子穿著皮鞋晃了晃，瞥了我一眼後又回去低頭看戲。

「……你那樣穿不會熱嗎？」我出口的竟然是這句。

「我剛穿毛皮都不熱了。」

「說得也是。」

「倒是你，真的是很煩人。」

這個不是多謝稱讚一句可以打發的，「你也許不知道，貓跑進劇場裡真的很危險。」

「喂，我可不是一般的貓。」男孩頭一次正眼看我，手指著劇場的天花板。

「我是夜遊街之神。」

戲落幕，觀眾熱烈鼓掌，男孩愉快地搖尾巴，我懷疑剛剛是不是聽錯了，男孩認真的表情卻不像隨口說說。

「好吧，既然被你遇上了，就幫你個忙吧。」

「我可不是為了求神才追你的。」

「啊你喜歡那個女孩子吧？」男孩指了指觀眾席，忽必烈竟然在二樓包廂看戲。

「可是你都不好好努力，那樣是沒辦法的。」

「小孩子不要一副戀愛專家的嘴臉。」

「那你說要我幫還是不要？」

「要！」

●

「姊姊，」可愛的男孩拉住我衣角，「你的東西掉了。」

我放下背包，立刻檢查所有扣環和拉鍊。

「我是人！你聽到了沒？」

好久不見的破扯男孩的耳朵，男孩反咬他一口，從他腋下鑽了過去。

「姊姊你看他——」

我一把抓住男孩的衣領，任由他兩隻腳不斷在空中踢動。

「好啦，你們要打勾勾，做好朋友好嗎？」

兩個人都強烈反對，男孩把兩隻手背在後面，破把雙手插進口袋。

「我是夜遊神，可以叫我夜就好。」

其實我已經很習慣別人跟我說他是天使、長頸鹿、洗衣機或是別的什麼東西，所以夜遊神應該算是蠻容易理解的一種。

「我是忽必烈。」

「我知道。」

「我是破。」

「沒人問你。」

夜遊神抬頭望向天空，今晚的月亮比平常都大——因為今天是農曆七月半嘛。

「討厭，路上這麼亮。夜晚都不像夜晚了。」

他一說完，嘻嘻向我們一笑，整個沙洲瞬間停電，陷入漆黑一片。

如果這不是巧合，那他真的是神。

「怎麼，你們好像很驚訝的樣子？」

燦爛的銀河在我們頭頂閃耀，河面也倒映著銀色的月光，巨大的月亮在河面上顯得更加立體，好像一伸手就能摸到。

「那是真的月亮。」夜遊神說，「如果活著的人走過去，就再也回不來了。」

原本在河面上一閃一閃的水燈，經過水月之後，都成了一個個活生生的人，然後那些人來到岸邊市集，與生者重逢。

我無法相信死去的人還能重生。

夜說，死去的人也無法相信生者已經忘了他們。

到底哪一邊是真的呢？

但如果沒有他們，我們今天絕對無法站在這裡。結論：他們存在，而我們不存在。

夜居無定所，平時住在船上，那艘船是故鄉的廟每三年一回的供品。他的故鄉是個窮困的小地方，才會同時崇拜又厭惡夜晚，不想讓黑夜永遠停留在那裡。

「不如你們幫我蓋一間廟，這樣我就不用流浪了。」

「廟哪是說蓋就蓋的啊。」破說。

「你看那邊山上的空屋率超高！」

沒想到夜竟然連這附近的房地產都研究過了。

「那是靈骨塔啦。還有蓋廟這種事通常是託夢說的吧。」

「我也可以託夢給你啊。」

「託夢給我也沒用啦。而且你這麼老，為什麼要裝作十歲的小男孩？」

「笨！這樣交通才可以免費！」

聽著破和神的對話，我真的感受到這個時代的不景氣，連神明都要縮衣節食。

草叢忽然一動，我們立刻趴下。

夜卻笑著迎上去。

「抱歉我來晚了。」新來的訪客這麼說，臉上倒是沒有什麼歉意。

「不會，你今晚非常漂亮。」

夜說得沒錯。我從來沒看過這麼漂亮的絕世美男子，薰衣草色的和服上細細繡了幾朵卷雲，腰間繫著駝色的唐草寬帶。美人！毫無疑問是美人中的美人。

這位美人正是沙洲主，活在這裡上千年的茄苳樹。

河的另一端，傳來汽笛鳴聲，一座三層樓的畫舫朝我們駛來。古典的建築風格，橘黃色的宮廷飛簷上方盤踞兩條青龍，船身邊緣設置了朱紅色雕欄，紙窗內人影幢幢，少說也有百來名賓客。

船身四周點滿了燈籠，在暗夜的淡水河中熠熠生輝。

穿著浴衣的貓耳少年，端著清酒在廊道間走動。

這就是夜居住的船家，非常豪華，看起來一點都不像在流亡。夜輕巧地跳上浮橋，帶頭走在前方，浮橋搖搖晃晃，但看著樹走路的姿態，好像是在平地一樣，但我跟破得非常小心，才不會摔到水裡。臨時搭建的渡口只有月光照耀，連周圍的蘆葦叢都照得一清二楚。

巨大的畫舫停泊靠岸，船板落下。

深黑無底的真夜降臨。

穿過點著蠟燭的陰暗的長廊，兩旁的燈台都是羅漢形象，每個都不一樣，太逼真了，就好像是封印了真人一樣。長廊的盡頭，順著螺旋階梯爬到二樓，穿過一道又一道的紙門，從精巧細緻的花鳥蟲魚到金碧輝煌的古樹老松，紙門後還有一扇紙門，最後一道紙門之後，是澡堂入口，一邊是男湯，一邊是女湯。

「我還以為妖怪不分性別。」破幽幽地說。

「我是神你耳聾了嗎！」夜揪著破的耳朵走進男湯。

「忽必烈，請跟我來。」樹領著我走進女湯。

「等一下我們三個都是男的！為什麼他可以進女湯?!」破一邊被揪著耳朵、一邊嚷嚷。

鋪了碎石子的步道延伸到冒著白煙的浴池，鯉魚跳躍，畫出銀色的弧線。我們靠在露天浴池的石頭上，看著滿天星斗。樹告訴我哪一顆是我的星星，還幫我跟破合命盤。

「請你們兩位同心協力把世界翻過來吧。」

夜遊神的酒宴開始了。

遊戲規則很簡單，跟夜猜拳，輸的就要親贏的一下，唯一的限制是別人處罰過的地方就不能再親。這當然是對夜有利的遊戲，連運氣奇佳的我都猜輸。

我說，再給我一次機會！

完全沒有翻身的機會。贏了夜又怎麼樣呢？純粹是不甘心吧。

「啊啊，還有一個人沒親我呢。」大獲全勝的夜笑吟吟說。

莫非那個人是破?!

「你想要贏還是輸呢？」

「我只是個普通市井小民拜託放過我吧。」

「不，我很想試試看，大哥哥——」他說。

看來是沒有逃脫的可能了，破絕望地出了剪刀。

竟然贏了。

「那就換我親你啦。」夜對這個結果似乎不感意外。

「為什麼？」

「我知道你已經想好非親不可的話，就選手指縫隙，這裡的確還沒有人跟你搶。這麼認真在計算，我覺得你還是蠻想參與的啊。」

破無話可說。

「哎呀別露出那種掃興的表情嘛，我的技術可是很好的呢。」

「小孩子別一副花花公子的態度。」

看來破是拿定主意，隨便他要怎樣都不管他。

「我看看，那應該要親哪邊好呢？……」

「你希望怎麼樣都可以指定喔，什麼我都做得到。」

「真的不理我？唉你都不懂輸了的人的煩惱呢……」

被那種目光熱辣辣地盯著，夜的臉湊近了破，身上有某種神明特有的香味。其實被逼到這麼近，什麼都不重要了，破冒出冷汗，趕緊說：

「要怎麼樣都可以，拜託你快一點吧。」

「對男人說這種話很沒禮貌。」夜在破的耳邊低聲斥責，熱得恐怖的氣息噴到他的身上。「該怎麼處罰你好呢？」

「你會游泳嗎？」我站在甲板上問。

「我參加過泳渡日月潭。」破說。「反正我受夠了那小鬼，不管怎樣都要逃走！」

「那就沒問題了。」

我拿出兩套潛水服。夏天雖然很熱，但冷水會讓人抽筋，就算水深只有兩三公尺，都可能會把人淹死。

我們的目標是水中的月亮。

自從上船之後，河水就再也不曾流動，月亮也不曾改變位置，也就是說我們處在一個跟外界絕緣的時空。

只要穿過這個月亮，應該就可以回到原來的世界。

身體直直地沉下去，河水之中比船上還要明亮。

我們以背包為浮標，慢慢游回岸上，但浮橋上下晃動，讓人幾乎找不到施力點上岸，只好先拉著固定浮橋的繩子，跟著波浪的節奏，在往上的瞬間踩住浪頭。

黎明已經來了，今天的台北仍然是陰天。

穿著黑色潛水服的我們，一度被當作沖上岸的海豚。

對不起讓大家失望了。

市集的尾聲。靈活的爬高人一把扯下塑膠布，露出閃耀著粗礪光輝的黑鐵骨架，彷彿博物館裡面殘餘的鯨魚骨骸。然後那骨架一支支被送進貨車的後車廂，全部緊挨在一起，等待有緣人再抽起裡面的籤。

至於地面上的殘渣、嘔吐，還有一些不明所以的混合物，全都被人拿著強力水管沖洗過，一點痕跡也不留，結果溼漉漉的地面好像剛哭過似的。

水天一色灰濛的彼端，畫舫持續向月亮的方向航行。兩名男子倚靠朱紅雕欄，望著沙洲。

「幫助別人固然是好事，但我的恩情你打算怎麼還呢？」

神跟神之間不需要客套。所以樹毫不留情地封住夜遊神的下台階。

「依你所見？」

「用身體來報答吧。」樹說。

現在有誰會來幫助夜嗎？沒有。也許調皮的小孩的確應該接受一點懲罰才對。

草叢中突然出現兩名警員，大家全部一起臥倒，以為出現了什麼凶禽猛獸，警員自己似乎也嚇了一跳，但隨即恢復鎮定。

「聽說這裡違法舉辦集會遊行，怎麼沒有先報備一聲？」

我們又沒抗議，對現在的政府也很滿意。為什麼要報備？

「這不是集會遊行啦，警察大人，我們只是做做小生意。」

「身分證全部先拿出來。」

大家紛紛從口袋、帽子、褲襠等等想不到的地方拿出身分證，上繳查驗。

警員看了看破的學生證，「戲劇系的學生……」

破立刻點點頭。

「沒錯T大有戲劇系，而且很有趣，研究所更是有趣得不得了，雖然我資格考還沒過，但關於後殖民或是後現代的議題多少可以聊上兩句，女性主義也沒有問題。我上學期的報告就是用拉岡和佛洛依德剖析《新世界福音戰士》的角色性格，是正正當當貨真價實的研究生。」

「……搞藝術的絕對有問題！」

決定罰他勞動服務。

「喂！我不食人間煙火與世無爭，朋友約我去土方回填我都沒去，為什麼要罰我！」

警員沒聽他在講些什麼就逕自走了。

「他們才沒資格說你什麼。」我繞到破面前。「但你是不是忘了原本要做什麼事了呢？不如我來代替夜遊神完成好了。」

因為生氣而泛紅的臉頰，浸過清晨的河水而泛白的雙唇——這麼毫無防備、這麼可愛，而且不誠實、消極又不願意相信自己的好運，我決定不給他選擇的餘地。而且，這次絕對不讓他逃走。

過來，我們要確認一件很重要的事。

兩套潛水服必須盡可能接近，手臂貼著手臂，他低下頭想聽清楚我剛說的話，其實我根本沒說什麼，只是一種戰略。瞄準。加速。抓住後腦勺。當然，我很快就會讓你明白。很快。就、是、現、在——

大魚上鉤了！

第三章

戰爭與和平

戰爭！這正是我們這個時代所缺乏的激情。在戰爭之中，人性會出現極端的偏差值，高貴與低賤都是。戰爭與和平，人類歷史上最偉大的主題，格局壯闊、預算龐大。好，我的劇本主題就這麼決定了！

為什麼人類會做出這麼不可思議的事？

以嘴唇接觸嘴唇。

喜悅、戰慄、興奮、痛苦、悔恨，所有情感都集中在這一點。

「你明白了嗎？」

所有的所有只包含這唯一的訊息。

我明白了。

重新睜開眼睛。

看見太陽是金色的、天空是藍色的、未來是玫瑰色的、韓波的A是黑色的、納博可夫的V是薔薇石英、血是純紅的、汗水是透明的反光、鹽是白色的——我得在大家失去耐性以前說完——堤防是土黃色的、重力是靛色的、淡水河是令人窒息的灰。

為什麼我的內心會如此沉重？不只是心，整個胸腔和眼睛看出去的一切都是，青春不該如此黑暗。泡沫、泡沫、無止境的泡沫，根本就透不過氣。

咕嚕嚕嚕嚕——沒錯，我又掉進河裡了！

★

「不用擔心，我們常常處理這種事，當年很多同學和老師都是這樣，反迫遷、爭平等，我們會全力支援！未來也請務必站在雞蛋的那一邊。」

我一踏進系辦，話還沒說出口，綁馬尾的助教就豪氣干雲一肩挑。

大家還真是有精神……但事情完全不是這樣的啊助教。

總之我什麼也沒做就完成了勞動服務。

★

和平的大學校園內舉辦蓮花求職博覽會，蓮花是我們的校花，因此這個博覽會就在湖邊。一名中年男子朝我走來，心想該不會是找我填問卷的，但他背後的龐然大物根本無法忽視，正是大叔。

我懂了，是為了女兒好，想走入正常的社會，來找一份穩定的工作吧。明白，我都明白，你不用多說，原來大叔也有這麼溫柔的一面。

「這老師真是，怎麼還沒下課啊。」

大叔取下十字弓，從狙擊鏡看過去排練教室——喂你不要把那麼危險的東西對準我們系館！

「我剛逛了一圈，沒什麼好玩的工作。」他嘆了口氣說。

看來是為了女兒的未來在操心，那你別煩惱了，戲劇系畢業是無法進入科技公司賣命的啦，再說老闆也不要。至於大部分的劇團，都是在沒有劇場、沒有經費的狀態下生存，團員還很可能要拿自己的收入來補劇團的財務大洞，完全沒有未來可言。

「原來跟遊民差不多，那你一定可以順利適應遊民的生活。」大叔恍然大悟。

「你的好意我就心領了。」去擔心你女兒就好了，你又不是我爸！

★

不知不覺又晃進了咖啡店，阿寬的問候百年如一日。

「你畢業了嗎？」

「還沒。」

我心頭一驚，差點忘了劇本這件事！他倒是不忘引用太宰治的話鼓勵我：

不可怠忽學業。不可留級。作弊也無妨，總之唯有學校，一定要好好畢業。盡可能多看書。不可去酒家浪費錢。若想喝酒，就找友人、學長一起吃著牛肉火鍋悲憤地慷慨陳詞吧。而且一週不可多於一次。……萬事不可焦急。漱石年過四十才開始寫小說。

沒想到以頹廢知名的太宰——算了，不吐槽了。

其實這段話還蠻感人的。

★

「不要啦！」「我又不會演戲。」「我的事都很普通沒什麼好說的。」「我會害羞。」當我表示想採訪的時候，沙洲上面的人都這樣回答。既然如此，就先自我介紹消除大家的不安。

「我是破，因為想寫畢業劇本而來到這。」

逃跑外勞巴頌（三十二歲）首先有了反應（泰文翻譯後）：「你要做什麼？我沒有做任何壞事。」

另一名鴨舌帽反戴的塗鴉少年小鐵（十三歲）也拒絕發言。

「我只是蒐集資料。絕對不會洩漏給警方。請大家不要緊張，先圍成一個圈圈吧。」

椅子已經排好了，我的理想是像電影中的心理治療團體那樣，大家輪流說話，沒有上台的壓力，也沒有相對的權力位置。如果太害怕的話就直接pass好了。

「這不是面試，不要太拘束。——我說不用拘束並不是叫你躺在地上！」

「戲劇系不是都這樣放鬆的嗎？」

大叔根本就是來亂的吧?!被我一吼，他立刻像殭屍一樣彈跳，然後到他後面的椅子坐下，但又不安分地東看西看。

「請問拘束帶在哪邊？」

我真不曉得你平常到底是怎麼坐的！

「說到拘束，你才來這裡幾天——」小鐵首次發言。

「兩個禮拜。你呢？」我說。

「比你早一天。」

我無話可說。

大叔在此提出一個建議。

「既然破比我們晚來，而我們大家心中都有自己的祕密，這樣吧，把破綁起來，不能錄音做筆記，這樣就可以了吧？」

這個提議通過。

什麼嘛。

「那你要聽還是不聽？」

「聽！」

「我來綁。」這次發言的是樹。

這偽娘不是應該早就消失了嗎?!

「就說我是沙洲主啦。」樹還是保持著一貫的優雅。「因為這些年經濟不景氣，我看了很多人綁繩子，多少會一些。」

不用在這種地方謙虛吧！你到底是在哪裡看到人綁繩子？還有不要把繩子放在我脖子的地方！

「原來你不想綁脖子啊。」

「會死人的！」

「我明白了。你可以動一下嗎？」

我稍微暖身拉筋一下。

「唔，柔軟度還可以。」

「破……你真的沒問題嗎？」

就算是為了藝術，我也不應該讓忽必烈擔心的。但她並沒有阻止這一切，只是從背包裡面拿出另外一條繩子。

「我想這條應該比較好，不但養過，而且上了蜜蠟。」

她手中的繩子無疑是上等貨色。

「你怎麼會有這種東西？」我問。

「打工的時候，人家送我的，聽說是限量品，但既然是給你用，我不會捨不得。」

忽必烈，你到底是在哪裡打工啊？

「搜身沒有問題。沒有錄音、錄影器材。手機請交給我。」

大叔的手法迅速又俐落。

「放心，我一定會讓你幸福。」樹嫣然一笑。

★

「八〇年代做的是軍用品生意。」大叔清了清喉嚨說。

「這個故事跳過！」我大喊。如果這個故事還要在被綁著狀態下再聽一次，根本就是白白犧牲。

「接下來要講的事應該很適合拍成電影，破你看過伊丹十三的作品嗎？」樹說。

糟糕，我沒說過舞台劇跟電影是不一樣的嗎？

「戲劇就是——」圈圈之外來了遲到的新朋友，謝天謝地，終於來了個能搞清楚狀況的啦！等一下，這人怎麼會騎馬過來？

「噢，在下從淡水那邊過來。大家叫我小關就好。」

金髮加上陽光般燦爛的笑容，這人是存心要用白馬王子的形象出場就是了啦。

「沙洲這麼大，養匹馬沒什麼好稀奇吧？」

「我可以摸摸看馬嗎？」

「嗚哇！好乖好可愛！」

因為馬的關係，大家一下子就接受了小關的存在。無所謂，對我來說，現在角色是多多益善。

「戲劇就是復興民族精神，驅逐韃虜，發揚漢民族的偉大情操！」

你這是哪個年代的定義啊老兄。

「其實我是想說，既然原創劇情這麼困難，我的故事很經典，改編不就就行了。對吧赤兔？」

馬也通靈性地嘶了一聲。

「我唱兩句給你們聽。——他他他，曹兵膽戰驚，哪個大膽敢前進！」

「好哇！」全場起立鼓掌。

老兄，我承認你們兄弟的故事很經典，但不要在這時候唱起《單刀會》好嗎？我嘆了口氣，覺得自己距離畢業越來越遙遠了。

「破，你找到靈感了嗎？」忽必烈轉過頭來看著我。

「完全沒有。」

「這個啊，大家研究歷史可能不在行，但唱唱戲、說說書總是可以的嘛。」小關不愧是見過大風大浪的武將，「別那麼嚴肅，就當等一下說的全是假的怎麼樣？」

全員贊成。

「是啊，讓別人來扮演我們，不如讓我們自己扮演自己，破也不用花錢請演員，這樣不就不會忘詞了嗎？」

「所以，給我好好地聽著吧，大劇作家，下面要說的話，我一輩子都不會忘記——」

我幫你鬆綁。忽必烈悄悄靠近。

「我們的故事是這樣的。從前從前，在一座沒有名字的沙洲——」

心理治療開始了。

★

創傷症候群的人們都有一段空白記憶。所以那些曾經信誓旦旦說不會忘記自己說過什麼的人，隔天都笑笑跟我說：「我不記得了耶。」

這有兩種可能：一是心理太難受而啟動了生物遺忘機制，二是那故事根本是隨口瞎掰，所以根本不會記住。我目前無法判定兩者的區別。但如果畢業劇本真的要依靠這群人，一定會完蛋，我得重新想個辦法蒐集資料。

「我是個粗人，不懂什麼藝術。但是我想人最有共鳴的情境應該是戰爭，戰爭可以幫助我們思考一些事。」

不愧是見多識廣的大叔，為我點亮了一盞明燈。

戰爭！這正是我們這個時代所缺乏的激情。在戰爭之中，人性會出現極端的偏差值，高貴與低賤都是。戰爭與和平，人類歷史上最偉大的主題，格局壯闊、預算龐大。好，我的劇本主題就這麼決定了！

其實三重曾經發生過巷戰，這裡從前是茶鄉，也是糧米運送所經之途，與艋舺只有一河之隔。清中葉之時，一群農民在這裡發動起義，反對政府的橫徵暴斂，剛開始周遭地區如新莊、艋舺、淡水都起而呼應，但隨著萬人大軍壓境，經過一番血腥清洗，只剩下一些零星的戰鬥。那是利用原本彎曲的道路，進行的小型攻防戰。今天我們所看見的筆直幹道，是日本時代所做的市區改正計畫，也就是截斷原有的巷弄，方便統治者管理和控制。

真的假的？聽完小關說的這段話，我只覺得不可思議，這種常識應該要寫進歷史課本才對。小關說廟裡剛好有些文史工作者來走動，所以多少知道一些事情。

「好厲害。」忽必烈眼中閃耀著欽佩的光彩。

「沒什麼啦。畢竟我的匾額上面寫著文武雙全，哇哈哈哈。」小關大笑。

才覺得這傢伙有點意思，怎麼又突然討厭了起來！

★

「既然是第一次戰爭演習，我們就簡單一點，兩個人一組單挑就好。」

大叔義不容辭，成了本次戰爭演習的總召集人。

「這個世界分為地水火風四種元素，而人體溢出的生命能量可分為特質系、操作系還有變化系。所以囉，破，你是變化系。忽必烈，你是特質系……」

我怎麼覺得這個分類有點耳熟？那不是《獵人》嗎？

「不可以這樣分組，」忽必烈先我一步發言，她的理由是用一部斷頭漫畫來定義世界觀，一定會召來厄運。

結果我們使用最簡單的方式——抽籤單淘汰制。

★

在正式開戰之前，總召給了我們一點時間練習。但我什麼都不會，雖然小時候也學過空手道之類，但無論如何都不可能跟那些專業的比。大叔已經用那套十字弓射穿靶心，小關不用說，光是青龍偃月刀一揮，附近的雜草就清得乾乾淨淨。

「好重！」

連忽必烈都在做負重訓練，她擅長的是近身戰。

「你背包裡面都裝些什麼？」

她的眼神露出殺氣。「怎麼可以告訴你，這是機密。」

你裝炸彈我也不管了啦。

對了，那把蒙古刀的說明書有附ＤＶＤ。我打開防身術的片段來看。

「一二三四五六七八，很好！我們在這裡停兩個八拍。」

比爾教練聲嘶力竭地鼓勵學員跟他一起做，說真的，我實在有點擔心那教練的聲帶。

女人和小孩也不能倖免於戰爭，他們的口號是：「我們要用自己的雙手阻止戰爭。」

熱愛塗鴉的小鐵，肩膀上的披風寫著勝利十字軍，手上拿著噴漆。「我的雙手是意識型態的武器。」

他在橋墩下畫了巨大的怪獸，噴出的火焰中寫著：去死吧大人們。學妹的武器是手裡劍，為小鐵的怪獸鑲了一圈輪廓，她無限溫柔地說：「我想要追隨爸爸的腳步，成為偉大的獵人。」

你們家是有多愛看《獵人》啊?!

另一邊，坐著端莊嫻靜的女性，然後一瞬間打起了泰國拳。看來巴頌的戰技除了泰國拳之外，還有幾可亂真易容術。

我的心得是，這群人可以組傭兵團了。

「樹？你也要參加？」

在這麼暴戾的場合看到樹，總覺得很不協調。他穿的是高級定製服套裝。

「我想你的武器應該是毒藥。」我說。

「是愛的鞭子。」

這點我毫不懷疑。

「但我不參加，今天擔任主播的工作。夜會幫我轉播現場。」

螢幕另一端出現了夜。

「各位觀眾午安，我是夜，這裡是SNG連線船為您做第一線的專業報導。」

夜遊神在夏天還穿著三件式西裝，你真的不會覺得熱嗎？

★

在演習之中，為了避免任何人員傷亡，所以大家必須把武器拿出來，確定沒有危險。我的蒙古刀沒開鋒過，不至於造成重大傷害。青龍偃月刀已經封印法力，現在只能說是一大塊鐵片。箭簇消毒——我怎麼不知道本來有毒?!忽必烈的匕首把刀刃改成了紅色蠟筆、手裡劍改成豆子、油漆是環保無毒漆，七天後自動消褪。

★

我第一場就抽到了籤王——不良少年暨三國名將小關。

實力相差太過懸殊。

「不公平，你有坐騎。我要回家了。」

「那我下馬，」小關一躍而下，赤兔立刻跑到遠處。「就你跟我，男人的決戰。」

「唉，戰爭這種事，贏又如何、輸又如何？」我說。

「是啊。」小關無限感慨看著流逝而去的河水。

我隨即拿出PS3和「真三國無雙」。開場動畫當然是漂亮得沒話說，趁小關看得專注，看來機會就趁現在——

「要不要玩？」

我盡量壓抑著內心的狂喜。

他點點頭。

「那就這樣決勝負囉。」我說。

他有點猶豫，但我極力遊說他這不過是戰爭演習，又不是真的，既然如此，是輸是贏都不會影響關大英雄的一世英明。

「我選自己。」

我幫著他操縱搖桿，選了很帥的關二哥。威風齊日月，名譽震乾坤。美髯公，帥啊。

「戰爭才沒這麼唯美，哪來這種裝備。我們都吃樹根的說。」

我平常都選趙雲，常山趙子龍，一身都是膽。但這次必須選劉備。

「大哥！我不可能對大哥下手的，你太卑鄙了！」他掄起關刀往我砍來，我橫刀過頭，擋下攻擊。

「我跟你說過，這只是遊戲。」

糟糕，光是這樣我已經雙肩發疼，再來一次的話，肩膀肯定廢了。

「是遊戲我也不能拿大哥開玩笑！」

「今天是演習、演習，平民在這種時候，都是在防空洞打電動。而且你做神，不是得先對抗自己的心魔，你說，這看起來像大哥嗎？」

「不像。」

「大哥對不住了！喝啊——」

竟然一上場就放無雙。

好強。

太過分了！

看我的！

雙方一番激戰，我當然是被打得落花流水，就算是在遊戲的世界，神畢竟還是神。

「二弟，沒關係，為兄死後，阿斗和嫂子就——」劉備嘴角淌血。

「破，你的血只剩下十分之一，還不趕快認輸。」

還早呢。

小關，你不知道吧。真正的無雙，是在生命危急之時，以加倍的殺傷力還給對方。這才是戰爭的奧義。

「小關，出局！破，獲勝！」樹如此判定我們的勝負。

「還好是大哥贏了，不然二弟我實在是不忠不義，成了千古罪人。」

他騎著赤兔馬消失在地平線的盡頭。

★

這場戰爭的贏家只有一個，當我精神恍惚走到總決賽的戰場，看到另一邊走來了宿命的敵人。

是你，忽必烈。

「我棄權。」我說。

棄權的方式是一方將身上的內褲交給另一方，因為在實施上太麻煩，所以目前為止沒有人棄權，而是選擇戰敗。但我不在乎。

我放下了長刀，她也脫下背包。

「太好了是你——」

她跳到我身上，體重比我想像中來得輕，如果我們結婚，大概就是這樣的畫面，教堂的鐘聲響徹雲霄，道賀的賓客在草地上舉行餐宴。忽必烈悄聲在我耳邊說：「如果這是真刀，你的心臟已經停了。」

匕首的蠟筆在我背上畫了一個紅圈。

忽必烈在跑過來的時候，短靴裡仍藏著一把匕首，難怪她今天沒穿木屐。

「不要隨便棄權，要戰鬥到死的那一刻。請安息吧。」

她在死者的額頭上留下輕輕一吻。

演習結束。

戰爭讓我們確定了一件事，就是這座沙洲太大了。即使有無限的火力，我們也無法保護。最後大家達成一個共識，如果有一天必須不計代價保護某個角落，那所有人加起來的極限是掩護直徑十公尺的圓。這是大叔計算出來的數值，不知道可不可靠，但既然總召這麼說了，我們就相信他吧。

「今天只有陸地演習，別忘了還有空戰和海戰。」樹在這邊提醒所有參賽者。

「不要啊！」全員一致放棄。

★

戰後，所有人都是戰敗國，呈現一種百廢待舉的狀態——理論上是這樣。但我們這群人其實無法想像，也沒人知道戰爭是什麼樣子。

「是不是要簽訂條約？」

「那就以條約簽定的地點來命名——橋下條約。」

「不對，應該以戰爭發生的原因來取名——茄苳樹條約。」

「我們根本不是為茄苳樹而戰！」

「不是嗎？我一直覺得是啊。」

「屁，我們打仗根本沒有什麼原因。」

橋下條約！茄苳樹條約！橋下！茄苳樹！連名字都無法統一。這樣是要怎麼寫進課本裡面。唯一的贏家是忽必烈，所以應該由她定奪條約的名稱。

「什麼？我沒想過要贏啊。」

「你這樣不行啦。現在你最大，一定要維護各國之間的和平。」

「好，那我就對全世界負責，越南、南北韓、台灣，第三世界都交給我吧。喔耶！我是美國大兵，這就來嫖妓了。」

的確，大家對美國大兵就只有這個印象，也許他們還有很多別的貢獻，但現在我們都想不起來。大夥有了這個目標，戰後的經濟發展也如火如荼地復甦。

「好耶，開工大吉！」

沙洲上的男性全部男扮女裝，開始組成後宮。大叔跟我首當其衝，樹當然是擔任大內總管的角色。夜遊神直接說「我不想參加」，但那是殺頭之罪，經過了一番折騰之後仍不改其志。忽必烈最後嘆了口氣說，我不想浪費好好一個男人，就放了他吧。

雖然巴頌是外國人，但也不能不懂規矩。忽必烈指示說：「那麼就好好教他我們國家的語言吧。」

我們的國語有北京官話、閩南語、客語、日文、荷蘭文、西班牙文。——有人知道鄭成功講什麼話嗎？

「成功他媽是日本人。」

「那就是古日語囉。還有海盜都講啥？」

「福建話。沒問題都包在我身上。」學妹是這座後宮的女官，負責教國語。

「你們的國語也太多了吧！我不要學。」巴頌激動地說。

等一下，你剛剛講的是中文嗎？之前都裝傻就是了！

「你們忘了還有我！」這次說話的是小鐵。

「依我看呢，小鐵還太小，大一點再來。」樹上下打量小鐵之後做出結論。

「我已經十三歲了。你們不試試看怎麼會知道?!而且、而且，我一直很喜歡忽必烈！如果你們不讓我進宮，我、我、我就去跳河！」

「讓你進來就是了，但就算進宮，很多宮人這輩子也沒見過將軍便孤獨終老，這事你知道吧？」樹冷淡地說。

「謝謝！謝謝樹大人！」

你們這群人也胡鬧得太認真了吧。

★

一百年前，這個國家的男人突然都得了一種怪病，後來成為一種珍貴的存在，長期以來由男性執政的政府改由女性主導。第三代將軍活在兩個世代的衝突之間，第四代將軍英明神武，第五代守成謹慎，第六代是逸樂派的。現在我們要說的，是第八代將軍忽必烈的故事——

樹敘述的聲音跌宕有致，我飛快地在鍵盤上打字。覺得畢業的勝利就在前方，以現在一個小時四百字的速度來看，我沒幾天就可以畢業了。

「等一下，這根本就是抄《大奧》的吧。」我發現了不對勁之處。

「這樣啊。今晚召喚小佐內來侍寢。」樹立刻改變話題。

不是這樣吧！而且小佐內是誰啊？這個跟戰爭根本一點關係也沒有！

★

「你們不了解戰爭也是當然的事。對很多時代的人來說，這種無知是很奢侈的煩惱。」

小關，最懂得戰爭的專家。連他現在也只記得吃樹根，其他什麼都不記得了。不快樂的事很容易被忘掉。其實他死的時候戰爭還沒結束……後來變成了神，廟當然也曾經被搗毀或遭到空襲燒掉。現在廟是重建了，以較長的時間規模來看，失去的東西終究會復原，但那是因為他是神，人類的話必須要用好幾代來換。

「這個和服喔，我以前也被逼著要穿，現在也想不起來要怎麼穿了……那也是一段不快樂的回憶。」皇民化時代的神明曾經換上和服，小關指的是這件事。

「我來幫你。」

為了提升後宮的水準，樹為每個宮人都準備了華麗的和服，與其說這是他的責任，還不如說是興趣。

小關只是張開手，任由樹為他更衣整理，一點也不會覺得不自然。

「雖然我也不是很懂什麼叫和平，但我覺得太平盛世最棒的就是——衣服可以隨便穿，頭髮也可以隨便染呀！」

難怪小關今天染了綠髮。連赤兔也變白馬了啦！

「但根據歷史記載，愚蠢的人類很喜歡互相毀滅，這個最讓人受不了。所以我希望不管是誰趕快停止戰爭，我不要再吃樹根啦。你們能想像吃充滿樟腦油的樹根是什麼樣子嗎？」

小關邊講邊哭，直到泣不成聲。看他哭得這麼傷心，樹根一定是很難吃，但難吃也要吃，很多人連這都沒得吃就餓死了。所以他在嚼樹根的時候，一定是喚醒了這種痛苦的回憶。

「別哭了，你可以舔我的腳趾。」

樹脫下了木屐和足裏，露出玉一般的腳趾。小關左手抹了抹褲子，感激地接過那隻腳，漸漸收住眼淚。

是我的錯覺嗎？這畫面怎麼有點令人羨慕？

★

風鈴響起，穿著高跟鞋的雙腿從咖啡店門口走來，一位超正的上班族女性大駕光臨，但現在可是午後三點半，照理來說是上班時間。她的目光掃過全場，大家也看著她。她走到我旁邊，輕按我的肩膀坐上高腳椅，柔軟的香氣輕輕地圍繞過來，我一時忘了自己本來想說的話。

「你不請我喝杯咖啡嗎？」

訪客對我輕輕一笑。

「菜單都在黑板上。」我說。

她優雅地轉身，扶在櫃檯上的藍色指甲閃閃發光，我想起來了。

「……要喝馬汀尼嗎？」我說。

「也好。」

她在陽光下果然年輕許多，也許只是化妝的關係也說不定。啊，不對，我欠的不只是一杯咖啡，上回在酒吧和旅館的帳單也都沒付，我從褲子口袋拿出皮夾。

「上次的十塊錢，還你。」

她還來不及拒絕，我就牢牢地塞進她手掌心。

「香腸順利買到啦？」

「對啊……你今天，」該說什麼才好，「不用上班嗎？」

「今天放假。——我剛好出來走走，在想自己是不是應該換個工作。」

「這麼巧，我也常常在思考這個問題。」大叔說。

誰准你插嘴了大叔！還不快去洗抹布！還有你根本就沒工作吧。

「你怎麼會知道我在這？」我問。

「這種事只要去T大系辦稍微打聽一下就知道啦。」說得也是，她對我的了解還是遠遠超過我對她。「雖然要踏入這個社會，好像需要一點勇氣。」

這位大姊你不是在這個大染缸混很久了嗎？

「我只是想再見你一面。」

這是告白嗎？還是自我意識過剩？可是她確實在看我這個方向。

「我非常討厭男人，討厭到了極點。一碰到就會反射想吐。——可是你不一樣，對我無所求。我很感激。」

原來我是因為什麼都沒做而被喜歡啊。

她毫無預警地把臉靠過來——臉紅了，我說的是我。結果她哇啦張嘴吐了出來，全部都是酒味，看來到這裡之前已經喝了不少。

我立刻抓來塑膠垃圾桶，輕拍她的背，讓她慢慢吐，等到她什麼都吐不出來的時候，我才發現她在哭。

對不起、對不起……她反覆說著對不起。

我用袖子替她擦掉眼淚，她卻更固執地低下頭，鼻塞加上呼吸道不順，幾乎換不了氣，我怕她隨時都會窒息休克。

「對不起、對不起……」

不斷啜泣的背停止抽動，我把手放在她背上。

還可以感受到心臟透過背脊劇烈地跳著。

安靜了好久。

沒事了喔，我在心底這樣對她說。這樣就沒問題了吧。

雖然她說過討厭男人，但這樣稍微安慰一下也許沒關係，因為我實在無法容忍自己放著不管。

她的肩膀稍稍鬆了下來。

我一邊順著髮流，用手指慢慢梳開她凌亂打結的頭髮，她沒有拒絕，我的鼻尖被髮絲搔得有點癢，剛洗完的頭髮有淡淡的香味，輕吻掠過剛梳理好的頭髮。

「破。」哭過的聲音還有些沙啞。

「……嗯？」

「你啊，真的太習慣選輕鬆的路走了。」

★

趴在流理台的水槽旁邊狂吐。

女人走了之後，我好像把所有的酒都倒出來，混在一起喝掉，所以造成這樣的下場。

大叔提了一桶裝滿的水，弄乾拖把，準備開店的工作。我想從沙發上站起來，但結果只能勉強抬起腳，讓他拖乾淨我腳下的一小塊地。

「你看起來跟平常好像不太一樣。」

「有嗎？你一定是老花眼了。」我說。

「哎呀恢復得很快嘛。」他說，「一早就這麼有攻擊力。」

「喔。」你這麼說我反而不知道該接什麼。

「別擺出那樣一副惹人憐愛的樣子，這樣讓大叔我很想好好疼愛你的呢。」

「我才不要！」酒一下子就醒了，光是聽到這種話我覺得連靈魂都汙穢了。

「而且你這種可疑的修辭是從哪裡學來的？」

那邊。大叔指著忽必烈帶來的那一櫃書，「我以為現在年輕人都這樣說話。只要這樣說幾句，大學女生都會很高興說。」

那絕對只有一小部分的人類會高興而已。

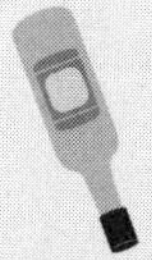

第四章

就算手中只有抽獎截角

雖然我應該很習慣這種事了，但做人還是要心懷感恩。至今家裡已經有無數的電器和贈品，但我還是要再說一次，不要放棄任何希望，哪怕是抽獎截角也不要讓它溜過。

命運之神再度眷顧了我。

雖然我應該很習慣這種事了，但做人還是要心懷感恩。至今家裡已經有無數的電器和贈品，但我還是要再說一次，不要放棄任何希望，哪怕是抽獎截角也不要讓它溜過。

「我中獎了呢。」

「……這樣啊。」破說。怎麼，反應這麼冷淡？果然這年頭還是冷淡的男人比較吃香嗎？「生下來的話，我會當作自己的孩子扶養長大。」

這是什麼回答？

喔！完全誤會了！

太過分了！

你到底以為我是什麼樣的人？

這真的傷了我的心。

「我們去看電影吧。」我說，「寶特瓶截角抽中了電影票。」

「說到第一次約會，果然還是看電影啊。」破說。

「我知道你在想忽必烈終於有像樣的興趣，因此鬆了一口氣吧？這可是很難得的機會——跟我一起像個普通人一樣看電影。怎麼沒擺出高興的表情呢？應該要說出，當然，我很樂意。這是我的榮幸。這是做為狗的榮幸，一般的狗可是不能進電影院的。」

「對我來說看電影和戰爭都一樣，只要你在我身邊，目前為止的人生告訴我：一切總是會往相反的方向進行。」

「看電影跟戰爭在本質上都是完全不同的事吧？」

「我知道你很不高興，所以你要我怎麼樣道歉比較好？」

「讓我想想，請說『我是笨蛋處男』三次。」

「這不符合事實。」

「太好了！總算鬆了一口氣。」我說。

「喂，我倒想問你平常到底在想些什麼？」

「要自己主動好呢，或者是找人先調教你，老實說壓力很大，總之

——我想我只是典型的川端康成式的少女而已。」

「你太骯髒了，請不要靠近我。」

「啊！我知道了，我一定是看起來很有經驗對吧，那剛剛的事就不跟你計較。回到正題。」

「我們這正題這種東西嗎？」

「偶爾也是有的。關於電影，想看什麼片都可以。不過現在只有影展。」我說。

「影展？說到影展真是太棒了。電影改變了人類的認知經驗，史上第一部盧米埃兄弟放的電影是火車進站，火車迎面衝來的時候，觀眾以為是真的火車就四散逃跑。但現在的我們不管是面對戰鬥機、坦克車還是即將被禿鷹吃掉的嬰兒，都已經很習慣了。面對白色的銀幕，我們要練習接受比我們巨大得多的東西。」

「我最討厭看影展了——你的表情是這樣子呢。」我說。

「沒錯，影展的人太多了。以我個人來說，根本沒有特地去電影院的理由。特效、音響對我來說不構成加分。一個人反覆觀看那些畫面才是真正的欣賞。押井守說一部作品與其有十個觀眾，不如一個觀眾看十次，所以喜歡的片子我都會看十次以上。」

「不管怎麼樣我都想去看。」我說。「你也想看吧，想看的話就要好好地回答我，要誠實，誠實的孩子像是華盛頓就不會受到懲罰，說吧，想看嗎？想清楚了再回答我。」

「……想看。」

「很好，我想看的片名叫作《極樂世界》。」

「——請問我們要去哪裡看影展呢？」

「那還用說，三重的話，當然是天台廣場！」

「我拒絕。」

「放心，這次機會非常難得，搞不好一生就這麼一次，只要帶著適當的覺悟參與就好。而且所有逃生路線我都很熟，多跑幾次就習慣了。嗯，是說我還沒遛過狗呢。過來把項圈戴上。」

「你果然還在生氣。」他說。

之前抽獎得到的真皮項圈，現在終於有機會用了。

●

清晨，我們在堤防的起點碰面。

破穿著短褲和運動鞋，手臂掛著手機，音源線從鑽孔的地方穿了出來，一邊接著他的左耳，另一邊接著我的右耳。

當然還有項圈。

他應該要慶幸我沒有抽中狗鍊，所以才用耳機音源線代替。

我穿什麼鞋都可以跑，但要藏刀的話還是靴子最好。

「準備好了嗎？」我說。

「開始吧。」

播放：史特拉汶斯基的《春之祭》。

從南端重新橋下的沙洲出發，沿著堤防的疏洪道跑，這是整個三重的西側，也最不容易迷路。

公寓的老伯單手擎起劈哩啪啦的鐵捲門，燒紙錢的灰燼迴旋而上，今天不曉得是哪個神明的生日。

巷口賣虱目魚粥的阿姨刮下的鱗片四處亂噴，多餘的魚內臟隨手扔給在下方等待的貓群。

在晨光中沐浴的貓咪和揮舞菜刀的阿姨。

乾淨而柔和的光暈。

繼續往前。

未醒的人們在公車站等候被自動門吞噬，載到另一處工作，城市裡一直有種車流的轟轟聲，那聲音與我們的心跳同步，人們循著既定的路線行走，在天亮的城市中繼續未完的夢境。遊民們晚上睡過的紙箱已經整齊疊放在停車場的空調系統管道上方。

好了，暖身完畢。

下堤防。

堤防這一側的房子被稱為「豆乾厝」，很多無法躋身台北市內的產業都在這裡，像是卡拉OK、工廠之類。不是因為外型像豆乾，那樣的話，整個台灣有鐵皮加蓋的頂樓都是豆乾厝，天際線也變成豆乾線了。這裡曾是同安人居住的地區，所以有同安街這個街名，豆乾只是同安的訛傳。過去械鬥興盛，巷子裡很多廟都是無名屍的葬身之處。記得留意倒在路邊的碑石，那是巷戰遺址的示禁碑。硬度很高，千萬不要踢到！

「太大了吧——」

破望著小公園中央三層樓高的有應公廟，正殿供奉了一整堆黑色鵝卵石，直直堆到天花板上，一顆石頭就代表一個墓碑。

過了天台和眷村，就到了最繁華也是最早發展的大同果菜市場。這是北部最大的農產品集散中心，形成一條東西向的街道，白天到下午供應生鮮食品，晚上的時候有各種小吃，鹹酥雞、水餃店、薑母鴨、羊肉爐、麵攤、鴨肉羹還有豬腳，市場的中央供奉文昌帝君，我們在這裡奉茶和拜拜。再往北過台北橋就是大稻埕，常常可以看見有人在放煙火。

夏天的風吹來，河面泛起微微的漣漪，我們手撐著水泥護欄稍事休息。我看著破的側面，心想這名青年在世人的標準之中，應該算是美男子吧。

「對了，你的括約肌還可以嗎？」我說。

「真的把我當狗了是吧！」

「我只是關心一下。」

「在太陽變大以前，趕快跑回去吧。」

以果菜市場為中心有好幾條商店街，規模最大的是派出所商店街。

「人家的商店街都叫心齋橋、道頓堀、新京極之類。派出所是哪門子的趣味？」他知道路途剩不到一半之後，就開始吐槽的本能。

「派出所在這裡擁有很高的地位，不管對方人馬有多少，只要你跑進派出所，對方都會暫時休戰，可以趁這段空檔搬救兵。」

不過最保險的方式還是沿著宮廟跑，一條街原則上有五六間廟，隨便一間都是堂口，廟公也不是隨隨便便的人就能當的，大家都在這裡處理江湖事。而且在神明的眼皮下，誰也不敢白刀子進紅刀子出，做出什麼傷天害理的行為。

「那切手指是怎樣？」

「立誓是另外一件事囉。」我答。

廟宇或大或小，存在於城市的每一個角落，從樓下、巷子、屋頂、空中、地下室到安全島都有。保佑你的富貴、功名、戀愛、財運、寵物。

以上是基本的逃生路線&求生技巧。

沿著商店街一路往南，經過區公所、運動場、國小、國中、高中等文教區，再回到重新橋下。這樣逆時鐘跑完三重一圈，差不多是一部電影的時間。

「喂，你剛剛許了什麼願？」破坐在堤防上問我。

「你的劇本順利。」

「什麼？」他大聲問。

「你可以把耳機拿下來了。」

破仍然一臉茫然。《春之祭》的主題再度響起。我幫他把耳機摘掉，突然覺得這樣的距離實在太親密，我忘了本來要回答他什麼問題。

「我啊，希望我們永遠在一起。」他說。「那你呢？」

「世界和平。」

普通的青年和普通的少女所進行的普通約會。

天台廣場應有盡有，我們可以在這裡面幸福地度過一生的唷～你看有撞球間、大型電動遊樂場、小鋼珠、電影院，也可以在這裡辦結婚喝喜酒，樓上就是賓館，這棟建築物難得兼顧了情趣和效率。醫院雖然沒有，但是有國術館，生死在這裡不過是一口氣的事，絕對不拖拖拉拉。

總之，生老病死就這樣結束了。

「聽你這樣說，我完全高興不起來。」

「生命是很殘酷的。」我說。

在重新路和正義北路相交的安全島上，我們看到一個熟悉的身影。賣玉蘭花的小妹妹生意做到這來，真不是普通的努力。

「因為我家的地被徵收了，只好來發豪宅廣告。」

確實，附近的地為了蓋捷運都挖得亂七八糟。

電影院的櫃檯前飄散著爆米花香，感覺像是五號色素、人造奶油、基改玉米混合起來的味道。

「《極樂世界》……？」破看著手上的票券，「我們今天要看的是小電影?!」

「說到午夜場不都是小電影嗎？喔！當然也有清晨場和下午場。」我說。

「我認為並不是時間的問題。」破說。

「當初選片的時候，大叔說只要是男人就一定會喜歡看這個。」

「這種事你怎麼不來找我商量？」

「好吧，那你抬頭看看，另外兩片是《風流女房客》和《宮廷豔聞》。」

「還是《極樂世界》好了。」

「就說了吧！」

一整天的約會行程以看電影作結，應該稱得上非常充實。

「兩位施主。」站在我們後方的和尚說，「也是來看電影的嗎？」

好帥的和尚！一個人來看小電影不會太孤單了嗎？但眼前的和尚有些不尋常的地方。

「帶槍的和尚？你抽的是菸吧，左手拿的不是念珠是小香腸吧！」

聽了破的話，和尚哈哈大笑。

「真是好奇心旺盛的年輕人！我就一個一個回答你。抽菸是為了祛除不乾淨的東西、手上拿的香腸是素的。」

至於第一個問題的答案：槍是真的。

袈裟下面還藏了好幾把。

我有一種中頭獎的預感。

「要看《極樂世界》的觀眾請由這邊入場。」黑衣人話剛落下，等候的觀眾霍地起立，我檢查手中票券確認等一下的位置。

不單是我們，整個電影院的櫃檯、賣爆米花的都放下工作進場，清潔員也從各個角落冒了出來，還有樓上樓下的商家關上大門。整個天台大樓安靜得連一顆爆米花掉下去都能聽見。

戴著紳士帽的白鬍子老頭，拄著拐杖一步一步走到戲院門口，整個走廊只有他的腳步聲迴盪，藍綠色的鐵捲門緩慢降下。老紳士拉開膠帶，劃破空氣的聲音聽了都覺得心寒，門前貼了一張紅紙：戲院結束營業。

《極樂世界》就是最後一部電影。

●

靜止的黑暗中。

銀幕漸亮。

隱隱的雷鳴從遠方傳來。

黃沙滾滾的大漠，一個小點逐漸往我們的方向靠近，一個人騎著一匹白馬，肩上扛著一把槍，馬蹄聲越來越近，下一秒出現了不可置信的畫面。

連人帶馬衝出銀幕！

我揉揉眼睛，確定自己沒有戴上3D眼鏡。

一雙巨大的翅膀自空中浮現，伴隨強烈的狂風，將所有人的眼睛吹得睜不開來。白馬揮動翅膀，羽毛飄滿封閉的室內，翅膀中央有無數細小的光點緩緩聚集成人形——

剛剛的和尚身穿金色袈裟，懸浮在半空中。

「夢總有一天會醒，電影有一天會散場。——今天特地打開銀幕之路，接引各位前往西方極樂世界。」

跟想像中的小電影不太一樣的開場。

四周觀眾跟我們一樣不知該做何反應。

「社長！」

關鐵門的老紳士站起身來，走進銀幕，回頭向這一端的我們微笑。

「我知道大家很喜歡電影院，所以在火災之後，也不願意去投胎，守護著這個地方。在這裡認識了很多朋友，也接近了重要的人，但是我們沒有別的辦法，只能放棄這裡。」

觀眾席的人們一個一個跳進去。這群人一直往沙漠走，漫長的名單出現在片尾。

各種光束聚合在巨幅的銀幕上，湊近看，銀幕像半透明的蛋膜。手指戳進去，表面像橡皮筋那樣柔韌，我繼續戳，用了全身的力氣抵抗，銀幕竟然被我推進去有半公尺深。忽然，戳的地方破了洞，手碰到類似黏液的東西，原本的阻力完全消失，我來不及抓住破伸來的手，沉入逐漸擴大的洞。

●

天台廣場中央有一座小小的噴水池，印象中平常是乾涸的，但這時裸體女神的瓶中倒出了源源不絕的水，池中還有肥胖的錦鯉。周遭恢復成我小時候那樣的繁華，每一家店都開著，賣衣服、運動用品、理髮店、手錶、首飾，還有大賣場。

我想起來了，就是在這裡走丟的。

我心中的極樂世界。

小小的我坐在手推車裡面，和早餐穀片、衛生紙還有剛出爐的麵包堆在一起。沒有任何人來把我帶走。我在一條一條的貨品走道間漂流，記不起來自己是誰，自己的名字、地址，還有認識的人的臉。

一個不認識的阿姨帶我去結帳。連同早餐穀片那些東西。極樂世界。遙不可及的地方。永遠無法到達。

等我把穀片和麵包都吃完了，那個阿姨把我從她的理髮廳帶到派出所去，那天她幫我洗了澡、洗了頭，穿上乾淨的衣服。我在派出所住了好久，然後有個要出去的流浪漢，牽起我的手說：「小朋友，我們回家吧。」他推著大賣場沒有收回去的手推車，帶我到商店街撿回菜葉和水果，然後到了沙洲。

——破呢？

我忘了要緊緊握住他的手。

「你看這件怎麼樣？」他從吊衣桿拿下一件衣服，我以為應該是性感睡衣，結果是潛水服。

我蹲了下來，把頭埋進膝蓋。

「喂，你還好吧。」

「沒什麼，潛水服真是太適合我了。」我說。

整棟大樓只屬於我們。

我們一起去了冰果店、蛋糕店、遊樂場，破現了一手很厲害的夾娃娃，兩個人一起站上跳舞機，攻占大型電動的最高紀錄。

如果夢有一天會醒，電影有一天會散場——

「這裡是永遠不散場的電影，好不容易通過了法規，選片啊、設備啊，都是最好的。」

社長的話語穿透了轟轟的機台噪音，拄枴杖的老先生直直走向這裡。他領著我們走進廣場的員工通道，過去的電影座椅收藏在倉庫裡面，還有歷代的放映機，「總覺得有一天會用到，雖然現在看來應該是不會了，但我還是捨不得丟。」早先歌仔戲的戲服，竟然收藏了六十年啊……

「也許有人會說，我是太沉迷或者逃避現實？但你們應該可以明白，這個夢就是我的現實。所以我才會捨下自己的土地——對外人來說，土地公這個官職可能比較熟悉。我這些年來看著樓蓋起，又看著樓塌去。現在只能守護這一塊銀幕。」

「你是希望我們保管這個銀幕嗎？」

「新勢力的神明要來了。你知道這裡的捷運蓋好了嗎？」

「聽說在測試營運。」

「測試期的長短，就取決於新神明有多快剷除舊的勢力——我們屬於舊的這邊。捷運會吸引惡鬼前來，都是些粗魯的傢伙，從來不留任何退路，就算造成走山也不擇手段。天台很早就呈現廢墟狀態，不知道你有沒有發現，果菜市場也大不如前了，海洋的魚、農地都漸漸消失，這樣我們的市場又能撐多久呢？」

我想起之前被追殺的金髮少年。

「你們遇到的是虎爺。失去他之後，我才明白我們一點勝算都沒有。」

「會有更好的大樓蓋起來的。」我說。「到時候我會把銀幕還回來。」

「你是說水泥裡面混了寶特瓶的摩天大樓嗎？我倒希望不要有人住進來喔。那樣怨靈就不只火災這樣一點點了。」

我們把社長交付的鑰匙握在手中，往停用的手扶梯走去。

「有空的話，歡迎隨時回來看電影喔。」他笑著說。

「不，我想還是不用了。」破說。

「還是比較喜歡在家裡看嗎？真羨慕你們，我們這種老人家，還是習慣大家一起看《風流女房東》的喔。」

「不是這樣的，要說原因的話，只是我個人不喜歡忍耐。」

「忍耐一下，你會發現整天都會精神百倍。」

「我現在的精神已經夠好的啦。」

「年輕人真好。不管怎麼說，隨時歡迎你們回來銀幕後面。你們手上的票券永遠不會過期。」社長說。

但我們永遠失去了可以堂堂正正看小電影的地方。

「知道天台這個名字怎麼來嗎？」

「天空中的戲台。」

「沒錯，多麼夢幻的名字啊。」

推開一樓旋轉的玻璃門，我們才發現自己還在電影結界裡面。因為重新路上不只沒有人、沒有車，根本就是一片漆黑。而這次我們根本就不知道回到現實的方式。

「根據這些傢伙的邏輯，一定是很老派的方法。」破說。

「我想想——童話故事裡面的？」

「跟那些戀屍癖王子做的一樣。」

「這種事不用預告吧！」而且你說自己是王子就算了，有必要貶低我是屍體嗎？

「我的劇本通常是走台詞比較多一點的風格。」

「我認為你已經不只是多一點的程度，是根本沒有行動，而且到時候——」

時候到了。輕輕的吻掠過唇邊。

下半句「我已經老了」還沒來得及說出口。

電影的。光的。結界打開了。

美好的、恐怖的現實，在前方等著我們。

我在座位上面睡著了？真丟臉，第一次約會看電影就睡得口水流了出來。我害羞得把頭湊近破的肩膀，擦掉口水，然後瞄準手臂有肉的地方。

「好痛！你咬我幹嘛？」他說。

「證明我不是屍體。」太好了，會痛的話就不是夢了。

地面上有影子，破的脖子上有項圈的印痕。

愛與死是人類古老的主題，但看見電影院的場燈大亮，階梯上方的入口站著不良少年。——我們可能真的要死了。天國的媽媽、天國的爸爸，還有天國的流浪漢，早知道是這樣，我們不應該從銀幕那邊回來的。

「死老頭，是不是該交保護費了？」

社長在銀幕裡面回嗆。「不交。」

「別以為你在裡面我們就拿你沒轍。拔掉投影機插頭！」

和尚法師開始敲起木魚。「各位兄弟，以和為貴。」

「死和尚，回你的極樂世界。」

「已經付出了太多，我連朋友都失去了。」社長說。

咔咔，我們聽到子彈上膛的聲音，全部對準這邊。

和尚用槍托敲起了木魚念經，然後掉轉槍口，瞄準衝過來的不良少年，砰。再繼續敲木魚，砰，如此反覆。

隨著誦經聲響起，銀幕上又漸漸透出了光芒，畫面則是寶樹銀花，滿地金沙，珊瑚琉璃。銀幕後面是想像力的世界。

但對方占有數量的優勢，所以和尚有點應接不暇。

「你們別光顧著看，不會幫忙助念嗎？」和尚說。

「我們不會念啊。」

「隨便說點什麼故事，吐槽也可以！」和尚對我們說，「掩護全員逃到銀幕裡面。」

「知道了。」雖然這樣回答，但其實我們完全不明白是怎麼回事，破第一個說：

「從前從前，有一個人，說了九十九個故事——好痛痛痛！你幹嘛？」

和尚用槍托攻擊破的後腦杓。活該，偷懶被看出來了。

我緊接著說：

「有個朋友在婦產科打工，那是一間很小的診所，所以會去那邊的都是年輕的女孩子，如果驗孕出來了幾乎沒有第二條路。有一次同樣是驗出來了，那個女孩子知道結果以後，像其他女孩一樣沉默，然後問醫生說：『那baby健康嗎？』大家都替她高興。如果你知道這句話代表的意義，就會覺得不可思議了。」

銀幕畫面從滿地琉璃變成陰暗的婦產科，但我也沒辦法，先維持銀幕之路暢通再說。

「某天在朋友的生日party，我遇到了曾經合作但很久不見的學姊，我說我最近沒在寫劇本，因為實在沒天分，她搖著頭說：『你要繼續寫，因為我是你的演員，所以我知道。』這大概是我還繼續寫的原因吧。」

「我聽過一個故事，源賴光主僕易裝為僧侶，奉命宰殺酒呑童子。剛開始為了取信眾鬼，賴光若無其事喝下血酒，津津有味吃著少女的腳肉，最後酒呑童子被綁在柱子上，動彈不得地讓賴光斬下首級，當時酒呑童子嘶吼的最後一句話是：『多麼無情啊！客僧們。枉費我們全心全意相信你們。鬼是絕對不會做出這種違反道義的事啊！』」

這個故事似乎無法感化我們的敵人。

「從前從前，有一個叫萱野五郎太夫的武士——」

「早晨，紙門很亮，以為下雪了。開門一看，院子裡的白木蓮滿滿開了一樹，密密實實連樹枝都看不見。——第二天，祖母死了。」

故事輪轉，周圍響起了嘆息、大笑、直呼不可思議。但似乎不夠用。

「我這裡有些舊報紙。隨便念點新聞來湊數吧。」我說。

有人住在涵洞好幾年。

計程車運將阿澧解救差點被性侵的女孩，他說：「如果因為怕事趕她下車，萬一明天在報紙上看到她出事，我心裡會艱苦。」

有流鶯連續吃避孕藥，讓經期一停就是三四個月，為了每天都可以上工。

曾經聽過交換學生說，穿上家傳的蘇格蘭裙時，非常沉重，裡面也不能穿任何東西，因為那會帶來不幸。

破說，有一天醒來，發現內褲不見了。

那是我借去穿啦。沒辦法，衣服全都拿去洗了嘛。哎呀反正你現在不是好好穿著嗎？

所以才能活到現在啊！——等一下，你怎麼會知道？

和尚敲了一下木魚，雙手合十。「功德圓滿。」

我們抬頭時，空中只剩飄落的羽毛。

清晨的陽光從歪斜的遮光黑幕中射入，全場只剩下我跟破，至於一度開啟的銀幕之路也消失了。我摸著這一大塊白布，摸起來不像蛋膜，後方也真的什麼東西也沒有。看電影跟修行一樣，就是面對一片空白，連著幾個小時，一動也不動。

惡鬼跟神明都散去了。

咔咔。這次打開隔音門的是一群遊民，他們像來參觀一樣，害羞地這兒摸摸、那兒弄弄，然後窩進舒適的座椅。天台大樓過幾天就要炸毀，於是遊民們特地來尋找值得回收的東西。我想起了社長的託付，要把銀幕帶走——但這個銀幕有兩層樓高。遊民大哥笑說這個不難，抬了個竹梯就翻身上去，俐落地解下掛勾，然後大聲喊「好了，放！」一整落大幕就這樣掉下來，底下的人捉住大幕四角，彼此走近，對摺再對摺，最後捆成了一捲給我們。

我想，這大概就是電影院的舍利子吧。

離開的時候，我們循著夢中的路線打開倉庫，裡面真的有電影座椅、放映機和歌仔戲服。回到空曠的大賣場，上架的貨品都還沒過期，這麼好的東西我們真的可以拿嗎？遊民們難得可以跟普通人一樣，把喜歡的東西放進手推車，逕自推往結帳櫃檯，那裡當然沒人排隊，連車帶貨都給推出去了。

「等一下。」

破快步往情趣用品和紫水晶的店家走去，在一片紙箱牆後找到被塑膠布覆蓋的運動用品，他蹲在那邊翻搗一陣，找到了兩件潛水服——一件是黑色的、另一件是藍色的，就跟夢中的一模一樣。

天台廣場大樓周遭圍起了施工警告布條。
「沒有神的土地會怎麼樣呢？」
「誰知道。」
附近賣菜燕的、賣雞蛋糕的、鹹酥雞、機車行都消失了，我們從來不知道那上面掛了白布條。要等到招牌卸下，推土機兵臨城下的時候才知道，命運的陰影早就投下。
人都消失了，家具也是，至於植物——該說是堅強還是無情呢？公寓陽台的九重葛似乎不受影響，仍然茂密生長，根系深入房屋結構幾乎碰到地面，頂端長出豔麗的桃紅色花朵。總覺得那底下說不定埋了屍體。風一吹來，花瓣紛紛散落在遍地的瓦礫之上。

我們扛著一捆銀幕，一前一後，沿著堤防回沙洲。

左方是夜中的黑色河水，右方是疏洪道路，路上高速行進的汽車像是泅泳的深海魚們，安安靜靜，一隻接著一隻，或直排或並行，中間容不得一絲空隙。抬頭看，巨大的銀色魚腹橫越我們頭頂，全是鋼條交織而成的菱格，未來的捷運轉運站。

「下次再一起去看電影吧。」我說。

「謝啦，但我喜歡一個人看。」破說。

「太可惜了，你看這個雙人套票有抽獎活動，頭獎是東京來回機票。」

「真的嗎？那我一定要去！」他馬上改口。

再怎麼美麗的人生，也一定會有名為希望的絕望存在。破，只要有我在你身邊，就不會讓你誤入正途。天下的青年以及少女啊，請不要害怕前方的道路，只要手中握著命運的截角，就別放棄那幾乎等於不可能的機會。

第五章 亞特蘭提斯王子

亞特蘭提斯是傳說中的海洋帝國，因為火山爆發引起地震和洪水，沉落海底的高度文明，信的內容在講世界末日。

「亞特蘭提斯的王子既然寫信給我。我們就去救他吧！」忽必烈激動地宣布。

我們沒有什麼長處，但很習慣挽救已經發生的錯誤。

「你要去玩水嗎？」忽必烈問我。

海邊是作家的靈感泉源，大家都是到那裡療養身體，不然就是住在溫泉旅館，跟女侍聊天會有意外的收穫。撇開這些不談，光是戀人走來約你去玩這個問題，無論去什麼地方都是天堂。但如果照實描寫那些同行的人，我怕自己的作品不但缺乏靜謐的氣息，可能還會血肉橫飛。

學妹穿著紅色泳裝，她把沙灘排球交給我。「你們先走，我還有一些私人恩怨要解決。」然後就往一名笑咧咧的男子走去。別這樣！學妹！我怎麼看那人都只是來搭訕的啊。

「你不去阻止你女兒嗎？」

「孩子大了，應該要懂得保護自己。」大叔躺得一派悠然，「好啦，我也得去勘查周遭地形。」

他起身離開，在地面的竹蓆留下一大圈人形油漬。給我回來！

孩子們在沙坑堆著城堡。

我們到了人潮聚集的——親水公園。

★

「換好了，這套給你。」

忽必烈換好了衣服！我心中世界第一的美少女終於擺脫了廟會T恤和運動褲啊！看到眼前的畫面，我眼淚都掉出來了，為什麼是穿潛水服啊？該不會是特地穿給我看的吧？這樣根本什麼都看不到啊。對我來說，玩水就是要穿得少少的，然後在彼此的身上抹防曬油才對。

「我喜歡潛水。啊，也很喜歡登山。」

「都是一些人少的地方呢。」這些地方也就這種優點而已。

「沒錯，在那邊露營不會被別人趕。如果在一般的公園、廟前面的廣場，到了凌晨就會被潑水。」

遊民的生活也是很辛苦的。

我們潛進水底，四周游著各式各樣的小魚，陽光射進水面之後變得不那麼刺眼，塵世的噪音也被隔絕開來。忽必烈往水草的方向游去，奇異的水草上面結了五顏六色的果實——不，那只是寶特瓶卡住了而已！喂，忽必烈，你該不會以為玩水，就是到水底去撿寶特瓶吧？我本來只想在海灘椅上看本書，呆呆望著少女們被水打溼後的胴體，為什麼上天要毀滅我這微不足道的願望？為什麼有人在吹冷氣的時候，我要出來勞動？不公平！

與水草進行一番鬥爭之後，我們把好幾個寶特瓶扔到岸上。

大家一看到，就搶著把寶特瓶踩扁，把這活動當成了一種遊戲，這群人還真是什麼都可以玩，還玩得不亦樂乎，不知道的人一定以為那是什麼寶貝。

我們跟著寶特瓶多的地方游，於是游到對面的堤防邊，撿到腰痠背痛，我們兩個躺在草地上休息。聽到堤防傳來說話聲。

「媽媽，那是什麼？水裡有人耶！」

「小孩子不要亂講話！」

「我沒有亂講，那邊真的有兩個人。」

「叫你不要講了你還講，打你屁股喔。」

「真的、真的有啦！哇——」小孩就這樣哭了起來。

我們是被當成什麼髒東西了嗎？這位媽媽，你小孩說的是真話。拜託你把頭轉過來看一下真相。我想搖醒身旁的少女，卻看見了從未看過的生物，唔、天狗、這一定是天狗！哇啊啊啊啊——

「這是潛水罩和呼吸管，很酷吧。」忽必烈的臉從天狗的下巴鑽了出來。

「你這根本就是製造靈異事件！」

「我認為小朋友就算被大人打罵，也要保持童心和想像力。更重要的是相信真相，不能因為別人不相信就不說出來，或是當作自己沒看見。」

「我不覺得相信天狗這種真相有什麼幫助。」我說。

「是嗎？我覺得有信仰會比較好。——知道四百擊嗎？」

「當然，不乖的人被打了四百下就會變乖。不過我想忽必烈你就算被打了一千下也不會變成正常人的。」

「沒錯，那正是我所選擇的道路。」她說。

「我看到了天狗，真的！」

遠方還能聽見小孩確信不疑的聲音。

★

岸上有人釣魚、騎自行車、慢跑、練風帆、寫生畫畫，也有人跟我們一樣游泳。順著河水的方向而下，我跟忽必烈游到了微風運河。看到這些人，不知道為什麼有種恍如隔世的感覺。過了一會兒我才明白——這下終於離開沙洲，回到正常的世界啦。這才是一般人心目中的河濱，沙洲那樣實在太亂來了。

行人專用道，一群笑瞇瞇的大叔迎面而來。「喔！在練鐵人三項嗎？」「加油。」「別放棄！」跑步之餘還不忘鼓勵後輩。其實我們只是穿著潛水服在散步，被這樣一講，只好稍微裝作在跑步的樣子。回頭看見大叔們健壯的小腿肌，簡直發達得像怪物一樣。

「敬告遊客：私人菜園，請勿進入。」道路旁有些菜園，散發出不太好聞的味道，有些路過的阿姨還會跟農友買菜，當場從土裡面拔出來的菜。附近還有黃狗和黑狗，不過牠們並沒有嬉戲追逐，反而一臉認真地看守菜園。

在這樣那樣的背景之後，我們還是發現了不該發現的地方。那是一座廢棄的樣品屋，建案叫作「三重之心」，假歐洲城堡風格。

「要進去探險嗎？」忽必烈嘴巴雖然這麼說，但雙腳已經老實毫不猶豫地往前走去。

說到夏天，鬼屋也是不能少的。想像力豐富的少女一定特別容易被鏡子、音效或是突然動起來的東西嚇到。好吧，防曬油這種事我就不計較了。

我信心滿滿地走進樣品屋大門。

★

「付訂金就抽百萬名車。」

忽必烈站在抽獎活動海報下面，問我訂金要多少才夠。但這個活動過期了！上面寫的是二十年前。這樣說來是我小時候的事了。

三重之心的採光很好，即使不開燈，裡面的擺設也能看得清清楚楚，雖說是按照兩房一廳以及實際的坪數來蓋，但看起來就是比一般的房子要大。

忽必烈說，這應該是窗戶和鏡子的功效，一般人家裡並不會有這麼大的窗戶，也不會在四周裝滿鏡子，甚至連隔間都用玻璃來做，雖然我們現在只能看到一地的碎玻璃，但我腳下應該是一個房間。還有一個弔詭的地方，就是這房子裡面都沒有門，無論是房間還是浴室都是，應該只有少數人可以接受這種開放的感覺。床和沙發也都比正常尺寸略小，躺上去才發現就剛好一個人那麼大，高一點的人就沒辦法了。

銷售大廳中央，放著一比一百的等比例模型，外框玻璃竟然沒被打碎，裡面的模型就像是時光凍結一樣保存下來。那時候周圍還是一片平房，有的橋還是木頭搭的，路面常有彎彎曲曲的小水溝，蓋片木板就成了一條路，人挑著扁擔賣菜，牛、雞、狗的模型也做得栩栩如生。至於三重之心，就像一座不搭軋的台式城堡，坐落在疏洪道路之上。

被放棄的未來。

忽必烈讚嘆地說，當初的設計師應該沒想過這個樣品屋竟然可以活過二十年。世界上竟然有這種以拆除為前提來蓋的建築，只為了讓大家相信未來將有這樣美好的一天，再短暫也無所謂，像一個隨時會醒來的夢。結果最能保留下來的都是獻給死者的建築，比方說金字塔和泰姬瑪哈陵。

「你覺得人類的文明到底是什麼呢？」忽必烈說。

「我們一定要討論這種嚴肅的事嗎？」

「不然你覺得有其他更值得討論的嗎？」

「百貨公司要開始週年慶了呢。」我本來想這樣回答，順便買幾件新衣服給她，換掉廟會T恤和運動褲，但我還是不爭氣地說出自己對文明的看法：「製造多餘的東西。」

忽必烈的想法則是「文明就是以毀滅為前提」。

人類真是一種奇妙的生物。我們無所不用其極在破壞海岸、溼地、沙灘、農田。說到徹底的毀滅不能不提到核戰。沒錯，有很多科幻小說和電影都在討論這個議題。

「我們也有啊！」忽必烈說。

我們也有核武？太好了，這次總算在世界中占有一席之地，提高了能見度，聯合國也不能不注意我們了吧！看著她極度振奮人心的笑容。忽必烈到底掌握了什麼祕密情報？

就在貢寮！

你說的是核電廠吧！廣義來說也沒錯，只是人家有控制的按鈕，可以計算什麼時候爆炸，我們是沒辦法控制時間而已。

「到那一天，人類的新文明就會開始了。」忽必烈說，「車臣啊，有很多巨大的老鼠。廣島也有極為少數的人不受輻射影響，活了下來，可見人類的確具有這樣的基因。」

真是非常樂觀啊，我不得不苦笑。你還真是抱著成功不必在我的寬容氣度活著呢。她繼續說：「超能力啊、異能者、吸血鬼啊應該也會普遍流行起來。大家不用隱瞞自己的能力，也不會被歧視了。」

你根本把他們當作真的是吧！我深深感覺到，人類的文明完全浪費在不必要的地方，像是超能力或是吸血鬼之類，害得好好一個少女的大腦都壞掉了啊！你到底是以怎樣的前提在活著的啊。——你在笑什麼？

「你現在都會把心裡的話講出來了。」她說。

「我以前難道沒吐槽過嗎？」

「以前你臉上雖然寫著，但現在已經毫無顧忌。」

看她笑得那麼開心，我覺得自己被忽必烈稱讚了。既然如此，我們就進行戀人之間毫無保留的真心話吧。

★

一名青年研究生的前提論。

・以結婚為前提的戀愛

到了一定的年紀，相親的時候就一定會問到：「做什麼工作？薪水多少？」你以為自己在面試嗎？我的履歷表就在這裡，自己張大眼睛好好看看吧。

「雖然根本不喜歡男人，但身體被這樣咕啾咕啾對待還真是有反應呢。這樣的感覺難道就是愛嗎？基本上這樣久了就會演變成真愛。」

「拜託你快把那些書丟掉！」我對忽必烈大喊。

「可是國中老師只沒收這些書，我在回收場也只能看到這個類型。」

我明天就去把莎士比亞全集搬來！不！哈姆雷特和奧菲莉亞的哥哥也有點問題。絕望了！我對什麼都可以分為攻和受的世界絕望了！

・以增值為前提的購屋

上班族（破）：「從紐約到台北，從巴黎到台北，為孩子留一張台北市的門牌——靠！哪裡來的副都心，光是把車子從停車場開到高速公路就花了我六分鐘！還有為什麼要跑那麼遠的地方去上班！不合理！」

遊民（忽必烈）：「太棒了，這個房子蓋起來一定沒有人住。可以叫大叔來這裡打靶。或者破你比較喜歡藝術家駐村？」

絕望了！我對年輕人買不起房子只能等待廢墟化的社會絕望了！

基本上，這些前提加速了毀滅的腳步。另一種，則是無用的前提產生毫無關連的結論。

・要好好念書，將來才能找到好的工作
結果：大學畢業是22K！

・認真工作才有退休金
結果：關廠＋臥軌＋工傷，公司跑去別的國家！

★

「破，我幫你想到了很棒的劇本名，就叫《長恨歌》吧！」
「這內容我提過，不過被教授退稿。」
「怎麼會?!」忽必烈似乎真的很驚訝。「你的教授一定很難相處吧。」
「普通難而已。」
「我去幫你講。」她說。
「等等你要講什麼？」

她理直氣壯說出以下的論述：因為你在一個普通的環境下成長，只談過普通的戀愛，不但接受普通的教育，還被普通的教授指導，所以只能用普通的觀點看待事情，寫出這樣普通的作品，叫他不要要求什麼有深度還有社會關懷的東西，現在時代不一樣了，普通才是真正的現實。

「不行，這樣講出來的話，下場一定比退稿還嚴重。」

「我覺得我的提議超棒的！」

「絕對不行。」但光是這樣講她一定以為我是誘受，一定要想個辦法說服她，這種時候男主角都是怎麼做呢？溫熱的雙唇封住了話語，手往下游移——對不起我做不出這種事，那樣我會吐槽自己的！

「你這樣我會很為難的……」我錯了，無論如何都不應該依靠刪節號的。果然還是第一個選擇比較好！我整個人沉浸在悔恨的深淵。

「好。那我不去。」她握住我的手，「答應我，你一定要畢業。」

「為什麼？」這跟你有什麼關係。

「我希望可以在你畢業前夕的時候，到學校的傳說之樹下跟你告白。」

完全無效的前提。

★

我推開樣品屋的後門，映入眼簾的竟然是——遊樂園！這是夢的遺跡，跟城堡完全不同的馬戲團帳棚。看來是因為河濱腹地廣大，所以撒錢做了比例失衡的附屬設施。不管怎麼說，這樣毫無節制難怪會周轉不靈。

「我從來沒見過這種地方。」忽必烈說。

那我們還等什麼呢？

走進靜止的遊樂園裡面，沒人排隊，我們開心地跨越柵欄，跳上旋轉木馬，風很涼，但這裡沒電。「很抱歉，這個不能動。」

忽必烈笑著說，你在說什麼，這又不是你的錯。放了二十年的東西也沒辦法，可以坐在這裡說說話的我們不是很好了嗎？如果有機會見到那位設計師，我一定會當面道謝說你做了個好東西，讓我多多少少可以想像快樂的氣氛。——不然，你用說的給我聽吧！

我記得的遊樂園，也不過是咖啡杯、碰碰車、海盜船之類的東西。那些排隊的孩子到哪裡去了呢？小時候的遊樂園好像總是走不完，我每次總是玩完一邊就累了，天也差不多黑了，只好和家人約好下次再去。下次去了，我又忘了上次的決定，興沖沖地從旋轉木馬開始，最後帶著遺憾或者說是期待回家。結果我從來沒去過另外一邊的區域。不知道那些孩子到哪裡去了，曾經是其中之一的我，也不可能帶小孩回到同樣的地方，因為遊樂園已經關了。如果有遊樂園之神，祂大概也消失了吧。

「不會的，祂們只是到別的地方去了。」忽必烈說，「我在夜市裡面看過那種小貨車，跟這個很像，店主還會摺氣球送給小孩，或是藥局、雜貨店門口也有投幣式的搖搖車。」

還真是寒傖的神明啊。

但也許獲得的樂趣是一樣的吧，在一首或是幾首歌之後，你腳下的旋轉木馬停了，那個夢也就醒了。以回家為前提的遊樂園，總是這樣才顯得珍貴。

「那麼我跟你之間，你是怎麼想的呢？」

坐在靜止的南瓜馬車上，所有塑膠動物都仔細傾聽我的問題。

「如果你的劇本寫完，我們大概也要說再見了吧。」她說。

我們的交往，是以劇本為前提的。我忘了這個最初的開端，但與其說忘了還不如說是刻意忽略。

——遊民之間的相處都是這樣的，有一陣子一起為了某個目標奮鬥，但最後還是會分開的。有了更好的工作、更好的人，那個時候，大家都會笑著跟你說再見，沒有人想永遠在這裡的。這裡的大家之所以相處融洽，是因為一無所有，所以不會花費力氣互相傷害，只為唯一在意的事情而活。

我從來沒想過這種事。大概是因為我的眼睛只看著現在。

——我們之間的環境、想法都不太一樣，分開也是必然的。

以劇本為前提。必然會醒來的夢。無效的前提。

但對我來說是有效的前提。不管是吃飯、戀愛、做任何事，好的、壞的，我都在想這是個機會，可以寫進劇本。對大部分的人來說，「為了劇本」都是無效的前提。但這個前提讓我在高興或低落的時候，可以保持一種距離，然後告訴自己：這件事不是完全沒意義，也許未來的我會看見它的意義，所以要耐心等待。如果不是有這個前提，這麼消極的我其實沒把握能不能活到現在。——這樣說來，我大概早就把靈魂賣給了魔鬼。

忽必烈你說得一點也沒錯。

沒錯，我們的確是以劇本為前提認識，然後行動至今。但是，還有另外一種可能。

「如果，我一輩子寫劇本呢？」

「你先畢業再說。」

她的回答完全命中要害。但我不死心。

「話說回來，劇本是我個人的前提，」我說。「那你跟我在一起的前提又是什麼？」

她看著我，似乎從來沒想過會被問到的樣子。

「那還用說，當然是周遊天下、獵奇尋寶！」

我不應該問的。這不是兩個人不同世界的問題，我們的距離只能用光年，不，應該是維度來計算了吧。

★

我們兩人沿著遊樂園小火車的鐵軌走，正在做日光浴的蜥蜴嚇得躲到旁邊的灌木叢，我們只是想知道終點站到底長成怎樣，就那樣低頭呆呆地在兩條平行線之間走著。

「你看，是海！」忽必烈喊著。

遊樂園的終點站是一顆彩色蘑菇，三層樓的水泥建築，鐵軌在傘頂終止，乘客沿著中央的旋轉樓梯走下去，就到了海邊。黃昏的海，白色的沙灘，忽必烈的腳已經復原了，看不出涼鞋勒傷的痕跡。指甲縫也很漂亮，如果有紅色和白色的指甲油交叉塗上就更好了。不，赤腳還是比較可愛！雖然也可以一隻腳塗，一隻腳不塗，但我個人比較喜歡平衡的美感，在一番天人交戰之下——

「你在幹嘛？」忽必烈喚醒了我。

「看招潮蟹啊。」

她蹲了下來，歪著頭奇怪怎麼一隻也沒發現。

我們一前一後踩沙灘，剛開始想盡力踩得深一些，後來只想隨意漫步，偶然回頭的時候，我們的足跡已經被海潮沖掉。

「一直走會走到貢寮嗎？」她回頭問我。

這種問題誰會知道，如果可以這樣一直看著你的腳，就走到世界末日也無所謂啦。

「啊，」忽必烈發現了什麼寶物，加快腳步跑了過去。

我還以為發生了什麼大事。

她發現了一個寶特瓶——確切來說是瓶中信。

親愛的未來，

雖然我可能無法親眼見到你們，但請讓我保有一絲希望。天空已經暗下來了，再過十個小時，火山灰就會掩蓋這座城市，我將所有未來託付給你。必須交代的是，我們擁有偉大的建築，金字塔、巨石陣、內褲大樓，而且發明了家電三神器：電視、冰箱、洗衣機，可以說是文明的顛峰。要有風，就有風，要有雨，就有雨，可是火山還是爆發了。我們當然也有火山方面的專家，根據研究已經一萬年沒爆發過，所以現在要說不知道火山會爆發，根本是悖論。其實這就是我寫這封信的原因，大家打算平靜地面對火山爆發，於是舉辦了最後的音樂會，和這座城市一起走向毀滅。也許有些災民會說：我沒想到災難會發生在我身上，但這種事不管是歷史還是新聞都告訴你該死的絕對會發生。偷襲如果正大光明地來，那就不算是襲擊了。儘管災難是突如其來的，但是一定會來。

我們抱持著這個信念存活，而今終於走到盡頭。再會！未來！該我上場了，我要去彈奏〈給愛麗絲〉了。

亞特蘭提斯王子寫於世界末日

★

亞特蘭提斯是傳說中的海洋帝國，因為火山爆發引起地震和洪水，沉落海底的高度文明，信的內容在講世界末日。一般人看到這種內容一定會當作玩笑置之不理，但忽必烈不但認真看待還召開里民大會。於是沙洲的居民全聚集到茄苳樹下，商討對策。

「亞特蘭提斯的王子既然寫信給我。我們就去救他吧！」忽必烈激動地宣布。

學妹第一個響應。因為這名王子相當有氣魄，準備在悠揚的樂聲中保有尊嚴死去，這世上再也找不到這麼浪漫的人了！

大家為了挽救這個陌生國度，決定募款建造諾亞方舟，著手研究無人海域以及可以接受難民的國家，舉辦慈善馬拉松、餐會、義賣，盡可能把亞特蘭提斯的人民全部都救出來。

忽必烈說明從實務面來看，因為政府根本沒有防災機制，所以我們的人民每次遇到災難都能動員超乎尋常的力量，絕對不會放任受害者自生自滅。我們沒有什麼長處，但很習慣挽救已經發生的錯誤，所以諾亞方舟的計畫應該可行。

這個分析不能說錯，確實也有一點可取之處。

但我說啊，你們不覺得信裡面提的東西都很熟悉嗎？金字塔在埃及、巨石陣在蘇格蘭、內褲大樓應該是北京那個。最重要的一點，亞特蘭提斯人怎麼可能用中文寫信？這些明顯的可疑之處完全沒人在乎，他們只是被新的玩具吸引了注意力。我不阻止的話，這群人不知道會做出什麼傻事。

「喂喂，你們做的事一點意義也沒有。」我說。

「活著的意義——」大叔說。「你想聽真話嗎？」

「不想。」我說。「忽必烈你想想看，被救的都是公主，沒有王子被救，你有聽過任何王子與勇者的快樂結局嗎？」

「也對。」忽必烈大夢初醒，「所以他沒救了。」

輕而易舉地就被說服！

「說來我們也不知道亞特蘭提斯在哪。」不愧是我的學妹。

「就算知道，可能也來不及了。」大叔同意。

這些原因不是早就知道了嗎？你們是恐龍嗎？反應也太慢了吧。無論如何，拯救王子的計畫總算中止。

「你怎麼一副嚇壞的樣子，我們只是說好玩的。」大叔說。「大家聊得很開心，而且我們也沒辦過里民大會，有這個機會不是很好嗎？說到底，這一生不過就是個惡作劇罷了。」

既然如此，那我總算可以說出真心話了。「其實我也贊同王子的立場。」

全場飛舞著沉默的小精靈。

我不是開玩笑，也不是為了這種驚人的效果才這麼說，是真心這麼認為。看了那麼多災難片和新聞之後，就算不能阻止災難發生，起碼也要做個大事表，發展出標準的處理流程。音樂會當然也是一種，畢竟我個人也是浪漫派的。剛剛提到的諾亞方舟也不錯，因為有典故的東西總是特別好玩。總而言之，人類放任災難不管這種心態實在太奇怪了，災難明明比樂透發生的機率還要高啊。

「這應該是時間規模的問題。」

小關認為災難雖然一定會來，但人類往往要花上三五代的生命週期才碰上一回災難。三重埔的血洗巷戰。千禧年之前的九二一地震不說，一九三五年也發生過關刀山大地震，新竹還有那時候留下來的堰塞湖。至於海嘯，在一千年前也發生過，那時候這裡唯一倖存的生物，是一棵小茄苳樹。

「那就是我。」樹呼出一口煙。

樹在那個時候失去了所有親族。鋪天蓋地的海水，鹽分高而貧瘠的土壤，樹是靠著其他生物分解的腐質勉強活下來。過程中雖然也想過放棄，但那樣就沒有任何人知道大家存在過，於是根系就附著在那薄薄一層新生的土壤之上。動物遇到了災難可以逃，可以說自己盡力了然後死去，那些來上吊的也都是這麼說的，我在他們身上學到了很多事，盡力，然後雙手一攤放棄。但植物總是留在原地，等待著約定被實踐，說到底，我們能做的也就是陪伴生者和死者而已。我曾經見過背叛和幸福，也想過要跟誰一起去到陌生的地方，但最後我知道自己的命運只有一個，那就是永遠留在這裡，有了在這裡結束也沒關係的覺悟之時，我就成了沙洲主而封神。

「封神是怎樣？」忽必烈一聽到有趣的事眼睛就閃閃發光，我也非常好奇，如果封神，跟天台那些鬼打起來也許就不會輸了吧。

「有一天接到掛號信，叫我有興趣的話就自己回信。其實我本來擔心是詐騙集團，但誰會去騙一棵樹呢。反正也沒要錢，我就回信了。後來又寄了神明證來。接著就沒了。頂多有個村民幫我圍了一塊紅色兜襠布。我自己不是那麼喜歡，但也沒辦法，神就是這樣。」

小關完全不一樣。他不是因為戰死就立刻封神，而是後來聽說書的客官聲援，沒經過什麼覺悟的過程。

「話說全世界都有關公分靈，你們是怎麼分配工作？」

小關想了很久，希望能讓我們聽懂。「應該是說所有的關羽共用一個資料庫，所以你向一尊神發願，全部的我們都會知道。」

越來越有趣了，這個設定就像是科幻加魔法一樣，所以人類的許願與還願應該也在神仙世界中占有某種地位吧？

「這個嘛，大部分的人都只是來確定一下自己的信念，神只要鼓勵一下，偶爾從旁協助就好。像是學業、婚姻、中樂透，這個都還算簡單。我們很少碰到那種許不可能的願望的人。」

咦？「不可能的願望」這句有點奇怪。

「上一次聽到這種願望的時候，是我大哥說的，他希望天下太平。」不過小關說這麼傷感的事就別提了，接著以忽必烈聽不見的讀心術，悄悄告訴我：「是你我才跟你說。因為你應該最明白我們的心情。」

忽必烈果然再度許下了這種願望。

「但我們又不能放著不理，只能盡量順著她的意，在不違抗歷史和物理原則的方向上幫助她，其實我們也很好奇神的極限在哪裡，所以她拿牛奶糖來拜我的時候，這一般是月老的業務，我可以不受理。不過許願的人沒有錯，我也想幫助你們的戀情，這就是我們出現的原因。請好好照顧對世界充滿想像力的少女，別讓她對現實失望。你懂了嗎？這是我們男人間的約定。」

「請不要把我算在內。」樹如此糾正。「我只是單純欣賞美麗的事物而已。」

★

雖然不知道世界末日何時降臨，但第二回里民大會暨末日音樂會第一次團練還是開始了。沒有人帶樂器，全部都在這天討論。

忽必烈吹直笛。那是畢業的小學生送給她的。

我以前學過一點鋼琴。沙洲上當然沒有鋼琴，但忽必烈說河邊曾經漂來一座風琴，儘管有些按鍵沒有聲音，但應該沒關係吧。——當然有關係！

大叔搬了一套卡拉OK設備，這樣要練什麼歌都可以，這是作弊吧！不過要搬來這一整套也真的蠻辛苦的。

學妹去學校排戲，所以不參加團練。我才發現可以用這個理由拒絕團練！

其他人打響板和鈴鼓。

接下來是曲目。我沒什麼特別喜歡的歌。

「〈春之祭〉怎麼樣？」忽必烈提議。

「完全超出我們的能力。」我說。

「那就〈流浪者之歌〉。」
「你先告訴我這裡誰會拉小提琴吧！」
「二胡我倒是會一點。」小關很努力加入話題。
「〈夢中的婚禮〉？」
「我可以彈。」我說。
「不公平——那不就只有破一個人表現！」大叔相當計較這一點小事，我可是幫大家節省時間呢。
結論是，萬一世界末日來了，我們只能表演〈滄海一聲笑〉。
大家都想像亞特蘭提斯那樣優雅地面對災難，於是認真地籌備音樂會。就算那個「王子」是開玩笑的也好，我們這裡也打算這樣應戰。忽必烈說：「我啊，雖然只擁有十九年份的記憶，但見識過人類的文明，就算幾千年的亞特蘭提斯被毀滅了，一切必須從頭來過，但人類終究沒有變成野獸，還守著那一條界線。」
不只是音樂會這樣的事，她還決定要回信給王子，說明我們所在的文明。因為我們遇到災難可能會手忙腳亂，而且同樣沒被別人發現，徹底地消失，可是我們的確曾經存在過。為此，她決定用同樣的方式回信，弄來沒壓扁的寶特瓶，要居民寫下這個世界上最偉大的三個發明或奇蹟。

寶特瓶、抽獎活動、對什麼事都不滿意的研究生——忽必烈

戲劇、電影、網路——破

迷彩服、衝鋒槍、手榴彈——大叔

其他還有夜市、音樂、建築、江湖這種回答。最令人驚訝的是完全沒有重複，人類的文明還真是多采多姿。然後把這些紙條裝進瓶中，丟回河裡面去。我們站在岸邊大喊：

「寶特瓶！要好好努力喔！把我們的文明帶到未來去唷！」

工人彼此揮舞手勢示意離開，警察擴大包圍的圓周，將不相干的人隔絕在外，我們遠遠地看著爆破工程。周圍靜默下來，五、四、三、二、一……爆炸產生的焚風吹過橋上、橋下，還有我們的胸口。階梯就像被吹了一口氣，在無聲電影中變成一股煙，剩下半截階梯浮在空中。

第六章 滄海一聲笑

即使身在副熱帶的盛夏七月天，只要你願意相信，聖誕老人一定會來到你身邊。我想，他也許不會駕著雪橇，而是騎著機車在天空奔馳，紅色的制服改成綠色的也沒關係，上班時間從晚上改到白天也沒什麼，最重要的還是他身上的大布包。上天必定聽見了我的祈禱，便讓躺在吊床午睡的我在意識朦朧之際，看見一名聖誕老人從地平線彼端走來。他全身汗水淋漓，背後扛著大布包，氣喘吁吁地對我們說：掛號。大叔接過聖誕禮物，簽名蓋章，拆開了信封袋，把送來的紙摺成飛機，沿著上升的氣流飛得高高的。

我跳下吊床，跟破追了過去，看起來一定很像興奮的小孩。破搶先追到紙飛機，打開來看，然後哇啦哇啦大喊：「太過分了！我的田野調查！劇本也還沒寫完——」像看到鬼一樣跑走了。我撿起掉在地面的紙飛機，上頭寫著：

敬啟者：〇月〇日，為促進城市發展之需求，市府為全力推動捷運工程施行，並改善窳陋市容，將進行拆遷工程，懇請貴住戶及早搬離。

發展局敬上

為什麼？天底下打著燈籠也找不到我們這麼安分守己的遊民，真要說的話，我們簡直就是遊民界的楷模、沙洲之光。到底為什麼會收到這種恐嚇信呢？

「其實地是我買來的。」樹似乎早就料到有這一天。「是我耐心地一筆一筆收購，但是有個地方失手了。」

樹以棋盤上的黑子和白子來比喻，他的財產以黑子表示。在這幾百年的時間內，樹慢慢收購沙洲上的土地，使得黑子逐漸增加勢力，就在他快要圍起來的時候。「這裡，橋墩的地我沒買到，就是白子的地方。」都市計畫的規則是以小吃大，只要鄰近白子的區域，無論大小都會被迫參與開發。

「難道我們不能買白子的地嗎？橋墩的地加起來也沒多少，了不起五十坪一百坪。」

「現在那些地的價格已經是天價了。」樹說。

「那我們怎麼辦？」

「這就是我現在要跟你們說的。——不要哭哭啼啼的！」其實沒人在哭，哭的是樹自己。「你們不可以喝農藥、不可以上吊、不可以爬到怪手上面不要命、不可以無家可歸。答應我。」

「那你呢？」

「我要在這裡。」

「跟我們走。」大叔說。雖然有難度，但只要一輛發財車、幾把鏟子、很多保鮮膜，應該還是可以辦到。

「我已經活得太久了，而且一直優雅地活著，現在也要優雅地面對死亡。我的親族都在那裡等我。」

「你騙人。」說話的是小關。

「啊，我忘了這裡有神。」樹不哭了，只是自嘲地笑。

「死了以後是什麼都沒有。」

「你這樣說，」樹看來想爭執些什麼，「……是沒錯。」

果然是騙我們的！

幸好我們可以淘金。因為我有一天在臉盆裡面發現金沙，所以大家立刻捲起褲管和袖子，回去帳棚裡面端臉盆的話，一定還來得及！

「我知道海盜的藏寶地點。」巴頌小聲地說，「所以才不想跟大家打交道，一直想偷渡回去，但是拿不定主意要拿多少，不過你們就算拿了，也不會減少寶藏的量。」

我們帶著手電筒和麻布袋，跟著巴頌前去拿寶藏。因為這是機密，所以確切地點不能講得太清楚。在大叔和學妹的保護下，我們跟武裝商船，也就是賣刀的神祕商人交易，他不問我們貨從哪來，直接付現。然後我們一早直奔市政府抽號碼買地。「全部！這樣夠不夠？不夠我們明天再來。多少都有！」

好，就算是天價，我們還是買到了兩塊。總共有十三座橋墩。

我在內心吶喊：「樹！等我們，我們會全部買下來的。」

開始過戶。

「你們買橋墩的地要幹嘛。要住嗎？」公務員笑笑地跟我們閒聊。

「投資！」

破大聲地回答。這邊的地主一點閒聊的心情都沒有。

「等一下，剩下的不能賣，」公務員看著螢幕顯示的錯誤訊息，其他十一座橋墩的地不能賣給我們。莫非是國有地?!那就要跟更高層級的單位交涉，如果要修法就會更加複雜。

「不是國家所有，但是地主是K先生。」公務員看來也是第一次碰到這種情況。

「誰啊？」「城堡裡面那個土地測量員嗎？」「他要幹嘛，要對我們復仇嗎？」我們無法追溯K先生是誰，有關他的事情一切保密。

「要買這種地需要在三年前提出資格審核，詳情我也不清楚。反正有關的資訊都被凍結了。」

「喂你不清楚難道我們會清楚嗎?!快告訴我們K先生是誰！！！」破失控了，大叔壓著他，才不至於把櫃檯踢爛。

那位公務員仍然帶著笑容說：「不好意思，我們這是依法行政。」另外一位公務員走了過來。「先生，你剛買的地，國家要徵收。」

「我才買五秒鐘！」破大喊。

那位公務員無視破的抗議，繼續往下說：「我們要用一坪兩百塊跟您收購。」

「算了！都給你好了。」破說。

「先生，我們這個程序一定要完成。請在這裡寫銀行帳戶。我們會將總共四千元的款項匯過去。」

「破，我沒有身分證，也沒有銀行帳戶。」我拿著畫了很多表格的紙，不知道該怎麼辦。

「算了！誰還會在乎那幾千塊！填就填。」

他把表格搶了過來，以工整的字跡填下資料，然後我們火速回去。

「留得青山在，不怕沒柴燒。」小關看著滾滾流逝的河水。

「你抬頭看看，還剩下幾座山呢？」樹說，「你看我的手相，我的生命線已經到底了。」

如果你仔細觀看樹手中的那條線，與其說是生命線，還不如說像是割腕的痕跡，一路延伸到心臟，而且是沿著動脈的不要命割法。

我們回到橋上，人潮洶湧熱鬧得不得了。賣棉花糖、豬血糕、臭豆腐、吹泡泡機的都來了。我們看到熟悉的香腸攤，老闆說：「我聽到風聲，特別來看看情況。」他還兼賣冷飲，冰桶裡面都是啤酒、咖啡和維士比。「這個角鐵給你們。」

「你賣香腸帶角鐵幹嘛？」破問。

「我怕萬一會用到，這樣就不會輸啦。」

「不用，」我回他。「武器的話，我們這裡很夠。」

「好。要支援的話別跟我客氣。」他說。

在這裡順便跟大家補充一下，平民武器之首是鋤頭柄，好幾場農民起義都是靠鋤頭柄打贏的。

「香腸架底下全部都是武器！」破大驚。「你到底是抱著怎樣的心態來的?!」

「大概是……希望老天有眼。」

橋下，上千名警力團團包圍沙洲，起重機吊走石像，房屋成了瓦礫和木堆，書本全部燒毀，變成灰燼。鍋碗瓢盆全翻倒在地，和泥水混在一起。茄苳樹被塑膠封條緊緊包裹。

「你們沒有公文，怎麼可以隨便拆人家房子！」破往工人衝了過去。

「你是誰？叫什麼名字。」

「我為什麼要說我的名字？你先說你叫什麼名字！」

「你先說！」「你先說啊！」

——光是名字這件事就攪和很久。後來警察拿出小手冊說，你們兩個留下名字、身分證字號和戶籍地址，要告什麼再互相來告一告。

怪手沒有停下動作。新聞記者拿著麥克風報導現場情況，還有都市專家來亂。「這個啊，拆了好，舊的不去新的不來，以前我們處理板橋的舊房子，整個家族移民去美國，彼此都沒聯絡，為了我們這個案子，千山萬水大家好好坐下來談，感情也變好了，看到他們這樣，再辛苦也值得。說實在我們這行也不只是為錢，最高興的還是看到家和萬事興。」

可是我們沒有移民啊。我們在這裡。

擴音器傳來喊口號的聲音，穿西裝戴假髮的立委，拿著大大的總統人形抱枕高喊口號，搥胸口說苦民所苦呀政府不公。立委配合攝影機拍攝的角度激情演出，攝影機一關，就馬上下戲，從口袋中拿出菸來，感謝辛苦趕來拍攝的媒體。等到媒體都走了，立委走到旁邊洗把臉，拿出卸妝棉和毛巾，西裝也脫掉，而且從襯衫下方拿出一團一團的棉花。

「學長！」破這麼一喊，他回過頭來。

「哎呀是你，你怎麼會在這裡？」

「我才想問這句話呢。」

肉圓學長是個喜劇演員，沒戲排的時候，就做這位立委的替身，露個臉喊喊口號什麼的，比演戲還好賺，這廣義上來說也許算是戲劇的一種吧。

一名警察走了過來。「請問，你們是這裡的居民嗎？有東西沒拿嗎？」他的腔調有點怪怪的。「我是巴頌。跟我走。」

「厲害的攻堅部隊。比攻占外勞工寮的還強。」巴頌把我們帶到堤防，簡要報告今早狀況，告訴我們警力主要分布在某幾個入口。

「快！沒事的趕快離開。等下往橋上的樓梯就要炸掉了。」工頭催促還在沙洲的人。炸藥已經綁好，在通往沙洲的那道土製階梯底下，看起來就像階梯底下長了蘭花。人潮像逃難一樣，爭先恐後湧到橋上，跌倒的人連站起來的機會都沒有，只能盡量彎起身體，比較不會被踩到。

工人彼此揮舞手勢示意離開，警察擴大包圍的圓周，將不相干的人隔絕在外，我們遠遠地看著爆破工程。周圍靜默下來，五、四、三、二、一……爆炸產生的焚風吹過橋上、橋下，還有我們的胸口。階梯就像被吹了一口氣，在無聲電影中變成一股煙，剩下半截階梯浮在空中。

通往沙洲唯一的路斷了。

「我們潛水過去。」我跟破下了水，才發現沙洲水域四周全都是兩棲部隊，還好他們裝備很爛，跟我們一樣手無寸鐵。但體力還是遠遠在我們之上，非常快速地游過來了！但比這些蛙人更快接近的是——潛水艇?!死定了！水裡的導彈絕對逃不掉。結果潛水艇在我們面前打開艙門。顧不得其他，先上去再說，被俘虜也是沒辦法的事，總比被導彈打成魚飼料強。

駕駛座上的男子是夜，他下達指示：「我們要殺過去囉！」

「好！」我們回答。

這時，艙外的蛙人只能用手掌輕輕撫摸快速通過的船身。

橋下比橋上還混亂，黑壓壓的人頭和怪手四處鑽動。推土機鏟起碎裂的木片，就算有人擋在前面也照樣前進。遠方的草叢升起嗆人的濃煙，一時間真的會以為自己深陷戰火。我們只好抓個鋁合金臉盆，掩護頭部，防範飛濺的礫石衝擊，一路匍匐前進穿過葡萄藤架、菜園和蓄水池，燒得焦黑的雜草倒在一邊，跑來跑去的雞鴨咕咕亂叫，沙洲變成了一望無際的荒原。

一件不知道算好消息還是壞消息的事：小鐵還在這裡！

他在橋墩下繼續巨幅塗鴉，這次他沒叫大人去死了，畫得非常漂亮，照著樹的話重現了美好的主題：愛與和平。壁畫是清晨時分的沙洲，一大群鴿子從遠方空蕩蕩的紫色天空飛過，銀色的蘆葦迎風低垂，白得發光。被撕成長條狀的選舉旗幟在綠油油的菜園中央迎風飄揚。

我牽起小鐵的手，說我們走吧。

幾個女警包圍過來，我說：「別碰我！我自己走。」

兩旁的警察立刻讓出一條路。附帶一提，「自己走」這件事是女性才有的優待。所以破在潛水艇中換了女學生制服。「我不要！為什麼是西裝外套＋毛衣＋格子裙！我會熱死！」「你的骨架水手服根本遮掩不了，認命吧！」為了避免破上岸後立刻被攻擊，只能拜託他委屈一點。

路上，我們看見好多地契都放水流了。

樹下傳來幽幽的歌聲。

樹站在盛開的茄苳樹下，撐著油紙傘，哼唱〈光州之歌〉，但他改了幾句詞，聽起來更加哀婉，我們只能一起悄聲輕喊：「殺殺！」夜走了過去，接過樹手中的淺酒杯喝乾，兩個人甜甜地笑了笑。一陣強風颳過，油紙傘被吹向天邊，等我們回神的時候樹與夜都消失無蹤。

直升機的陰影從我們頭頂籠罩而下，強風吹得我們睜不開眼，一台怪手從天而降。我終於明白，為了搶下這座沙洲，我們的政府拿出比打仗還認真的態度，也就是說，我們現在被陸海空三方包圍了。

「沒關係，我有手機。」破說還有臉書和國際新聞的路子。「怎麼會沒訊號？」

「你看記者都走了，橋上還有一輛ＳＮＧ車，其實那不是ＳＮＧ車

——是蓋台車，可以覆蓋周圍十公里所有訊號。」小關平靜地說。

沒錯，這就是大屠殺的標準程序，掩蓋所有事實。如果我們不是親自站在這裡，那我們也不會相信曾經發生過這樣的事。

「喂你最有經驗，現在怎麼辦？」破抓著小關。

小關背對著樹，頭也不抬，只是固執地看著地面，沉默了很久，然後說：「你知道蜀國已經滅了嗎？」

「……知道。」

這樣就是一點辦法也沒有了啊。

怪手的履帶發出巨大聲響，濃濃的柴油味瀰漫周圍，被履帶輾過的瓦礫變成粉末，緩緩來到我們旁邊。怪手像天鵝整理羽毛一樣，垂下脖子，前端咬住茄苳樹樹幹，樹身與樹根瞬間分離，咔，斷成平整的兩截，露出白色的樹心。不，殘存的根部會長出新的枝芽吧，但怪手在原地向下挖出一個大洞，把樹連根剷除。碎裂的樹根無言地朝向天空。

「我要哭了，你們可以轉過去嗎？」小鐵說。

破點點頭，轉過身去。我也轉了過去，但可以看見地面的投影，小鐵的雙手抱著身體一動也不動，突然間像是斷了線的傀儡一樣，蹲在地上嗚嗚哭了起來。我什麼也不能做，所能做的只是看著大家的影子，被周遭的人踩來踩去。

死去的樹周遭漸漸圍起施工封鎖線。

「破！刀給我。」「這還沒開鋒。」「我知道，掩護我。」不顧來來往往的工人和警察，我們拔刀衝過封鎖線，跑到樹原本扎根的地方，使勁把長刀插進土裡，豎起一座墓碑，最後的地界。

午夜，大得不尋常的月亮迫臨眼前。

我一個人在這。周圍只有風摩挲草葉的聲音。

「咳咳。」是樹！

「你還在這。」沒想到竟然還能見樹一面，我不知道該說些什麼，想問他去了哪裡又要到哪裡去，怔怔出口的第一句話，「對不起……」

「沒關係，應該說我現在很開心，可以去我一直想去的地方。」

「明知道會失敗，我還是去做了無謂的事。」

「沒關係。」

「我以為能逆轉的命運，最後反而失去了跟你相處的時間……破呢？他不會死掉了吧？」

「他只是沒拿到這裡的通行券。」

「我去找他！」

「不，你乖乖在這裡，受傷了就不要動。」樹按住我說。

靜默了好一段時間。

「不行，等不下去。」我說。

「再等一下吧，應該快好了。」樹慣拿菸桿的那隻手屈起來，敲敲膝蓋，「不然我說笑話給你聽吧。」

樹像青春期那種換毛不全的少年叨叨說著最近知道的新聞。那些事一點都不重要，所以我們只是在延遲討論真正重要的事。

蘆葦叢後傳出細細的腳步聲，夜撐了那把油紙傘過來，他的身邊全在下雨，樹見了夜，就用一個快得幾乎難以發覺的眼神招呼他過來，繼續對我說話，沒有更多動作。夜走近樹，兩人一起在雨下撐傘，而雨也恰恰下在他們兩人身邊。夜不說話，只低聲應著樹那些不好笑的笑話。

「會冷吧？」樹問。

「不會。」雨雖然沒有下在我這裡，但多少還是有些冷。

「那我們坐過去一點。」說著他和夜的屁股稍稍往旁邊移動了幾公分，這樣我就不會被擊碎的雨沫濺到，他坐好還不忘對我說，「雖然我們的距離變遠了，你知道我還是愛你的。」

「我知道。」樹果然是個白癡。

但儘管樹賣命耍寶逗了我這麼久，月亮卻不曾移動，只有河水緩緩流過。

銀河在我們頭頂閃耀。

「那邊那三顆連成一線的。」樹指著繁星滿載的星空。

「哪三顆？」我稍稍靠近他，想從他的角度看過去，卻感覺到不同以往的涼意。

「那邊，那三顆，一二三，看到沒？」

「喔喔喔！看到了，怎樣？」

「那是獵戶座的腰帶喔。」

「真的欸。」這樣連起來，和上面的對角一起看，有像一個人的樣子。「那最亮的那顆是什麼？」

「這就不知道了。」樹說。

一回頭才發現我已經快撞上樹的鼻尖了，「哼！根本是為了把妹才學的嘛。」

「啊被你識破了。」

我回到原本的位置，低頭看著地面，樹和夜果然沒有影子……確定他已經不在這邊的世界，竟然有鬆了一口氣的感覺，因為不管再努力或挽留什麼都沒有用了。

「啊！有流星！」樹驚嘆。

「哪裡?!」我四處張望，轉身只見樹嘿嘿笑著。「你白癡嗎？」

「我是啊。」

「才不是。」這樣跟大方承認自己是白癡的人混在一起的我又是什麼呢。

「我該走了。」樹說，終於到了這個時刻。

樹起身，然而就算是這樣大的動作也沒能讓水中的月亮興起一絲波紋，我緊緊盯住倒影的邊緣。不能回頭看他，不然眼淚一定會掉下來。

樹吹著口哨，空氣留有潮溼的氣味。

最後還是沒能把樹從那邊拉回來。但這次，我們好好地說了再見。

炎熱的海邊。幾乎要燒起來的氣溫、光線斜射的角度、滿天雲彩映照、剛烤好的香腸放在紙盤裡面——我知道了，剛剛的事全發生在另一個平行宇宙！什麼事也沒有。這裡是海邊、這裡是海邊，我張開眼睛，橋下一望無際的沙洲，半裸的男子走來走去，我告訴自己，這真的很接近在海灘度假，只要停止呼吸，不去聞推土機飄來的柴油味就好了。

「過分！他們就算不把我放在眼裡，也應該要看在女學生制服份上！」破說。

「搞不好就是你玷汙格子裙的形象才害我們被打！」大叔回應。

據說我們衝過封鎖線之後，工人立刻在第一時間丟出維士比酒瓶，而我們就像保齡球瓶一樣全倒，被送到橋上的紅磚道。現在什麼也不能做的大家，只能怒吃過期的飯糰和三明治。幸好我的背包還在，野炊不成問題，因為海苔飯糰直接吃實在太遜了，一定要做成茶泡飯啊！

我用茄苳樹葉煮水，破剝下飯糰的海苔，把飯粒丟入煮沸的茶湯。飯粒經過攪拌之後，膨脹成好幾倍大。最後，要吃的人再輕輕撒上手撕的海苔。唏哩呼嚕的聲音此起彼落，交織成一片和諧的旋律。從黃昏吃到深夜，黑夜吃到白天，再從白天吃到隔天，這才叫作吃到飽啊！走掉的記者又重新聚集過來，報導這不可思議的免費吃到飽奇景，但關於我們露宿橋頭的原因卻隻字不提。

「男子漢大丈夫，天下之大，豈無我容身之處？」大叔說，「但睡袋、衣服什麼的全都被載到警察局了。」

「我怕警察會把我遣送回國。」巴頌很擔憂。

「我心愛的小棉被忘記拿了！那上面有我二十年來的口水耶。」學妹哀愁地說。

「我說這種東西丟了就算了吧。」破說。「好吧，你們一個一個來，寫在紙上，我會去幫忙領回來的。」

棉被、睡袋、存錢桶、襪子、衣服、漱口杯、貓罐頭，還有好多雜七雜八的東西。一陣熱絡之後，大家往橋下望著那一片靜靜的河流，也許是在思索自己失去了什麼，還有拿得回來什麼。

「……把樹帶回來吧。」我說，「大家覺得怎樣？」

●

大叔瞄準沙洲上的檳榔樹，發射鉤子和岩繩，確定鉤住後，放上滑輪，掛住背包下去，測試負載重量。大家輪流穿上安全腰帶，蹬牆懸吊下去。路過的阿伯騎機車經過，問我們在做什麼。完了，要是現在被檢舉的話就前功盡棄。

「極限運動。」我說。

阿伯舉起大拇指，催動油門離去。

下到空曠的沙洲，我們完全迷失了方向，倒是武裝商船已經回到沙洲，神祕商人也在其中。他們拎著麻布袋，戴著頭燈，眼明手快前來撿拾尚有價值的物品，大概是聽到風聲趕來的吧。感覺就像是海底的鯨魚死去，血腥的味道召來魚群，很快地就只剩下骨骸。某個地方的跳蚤市場，會因為沙洲的死去而生意興隆吧。

我問神祕商人有沒有看見地界，他說：「就在那裡。」順著他手指的方向看去，寶劍在夜中閃閃發光，忠實地執行地界任務。在劍光的照耀下，我們看見了死去的樹。連根拔起的樹根周圍全是斷枝殘葉，像颱風掃過一樣。在一片綠色的墳塚之中，我發現了一串一串的黃色果實。是種子呢。

大家把圓滾滾的種子收集起來，一把一把地撒到河裡。看著種子載浮載沉，漸漸流向混濁的河流。

雜亂的枝葉底下，覆蓋著原本的樹幹，粗質的木皮剝落後，變成平整光滑的木頭，還散發出淡淡的香氣，上面貼著「請勿移動　待運送」字條。很好，我們就是來帶走這個。絕對不讓你們把樹整形成我們不認識的樣子。

不記得是誰先哼起那首歌的，但總之現在終於沒有人可以阻止我們大聲唱歌、大喊：「殺殺！」

在墓碑旁邊，大叔用幾根樹枝做成旗桿，升起了一塊布，這是我們為樹特別舉行的降半旗典禮。——他把自己的內褲當作旗子升上去了！

「喂！這樣一來，我們不就等於在對你的內褲致哀嗎？」破說。

「不公平，我也要！」我脫下小熊內褲，其他人也紛紛跟進，結果直立的旗桿馬上打橫，變得像曬衣竿一樣，掛了很可觀的一整排內褲。

「我也有要給樹的禮物。」小鐵鑽進橋墩凹槽，扔出幾支維士比酒瓶，掀開帆布，揚起的灰塵害我們連打好幾個噴嚏，帆布底下有好幾個水果紙箱，紙箱裡面是防潮箱，防潮箱裡面裝著幾個紙盒。是煙火。

我們跑到沙洲正中央，周圍沒有任何建築物，在一片廢墟之上。空中的銀河閃耀著光芒，而漆黑的河面彷彿是天空的延伸。

再見了。

華麗的，屬於夏天的煙火大會。

燦爛的光點在我們頭上展開，紅色、紫色，水面盪漾細碎的花紋。

結束了。

離去的時候，我在河畔停下腳步，拿出口袋中的十塊錢，雙手合十，從陸地丟入黑暗的淡水河中，銀幣在空中旋轉，掉下去的時候沒有發出任何聲響。

數十輛機車車尾的LED燈照亮了整座重新橋。

「在人生這條路上，我可是資深的飆車族啊！」

小關騎著赤兔馬帶頭在橋上等著，平常在疏洪道兜風的飆車族都來了。另外還有一輛道路救援的小貨車，大家把樹運了上去。一路上，車隊浩浩蕩蕩，速度慢得連我騎淑女車都可以跟上。但我們沒超速也沒製造噪音，後面卻追來警車，大家只好停車，站在路肩接受訊問。

「貨車上放的是什麼？屍體嗎？」

「現在警察都這樣問話的嗎？」破說。

「是樹啦。」我回答。

「打開來看看。」

我上去把藍白條紋塑膠布掀起來，裡面不折不扣真的就是兩塊木頭。

警察這下子不能開我們罰單。他們看了看手中的小冊子，似乎在考慮我們適用什麼罰則。有人突然眼睛一亮：

「你們這麼多人，怎麼沒有按照集會遊行法先申請！」

「我有啊。」破說。七月半的時候吃了虧，這次我們下午打電話就報備。

「……現在超過晚上十點，你們不能聚眾滋事。」

「那以前社會運動為什麼就可以露宿街頭？」

「現在是給恁爸裝肖仔就是嘛。」小關說。

「你剛說啥？」警察說。

「我沒說話啊。」

「好啦，你們身分證全部統統給我拿出來！」

很多人都還沒滿十六歲，所以沒得出示，至於破，這次不拿學生證，乖乖上繳了身分證。

「你是學生嗎？」警察問。

「不是。」破回答。

「你看起來很像。」

「喔，我哪裡看起來像學生？」

「這樣一直問問題就很像。」警察還說：「旁邊那個金毛就很老實。」

我們轉頭看看小關怎麼回答警察。

「你說你們這種人是不是社會的敗類？」「是！」

「活在這個世界上有什麼意義，還不就是垃圾對不對？」「對！」

「好，回去以後好好做人，不要辜負長官一片苦心，知不知道？」

「知道。謝謝長官！」小關說完，還從口袋裡拿出一個紅包，那警察眉開眼笑。

總算全身而退，我扶起倒在路邊的腳踏車。

「等一下。別管那台了，我們上車。」小關拉著我和破，踩上貨車，躺在樹木中間，然後迅速拉上帆布。貨車立刻發動加速。

「死小孩！竟敢耍我！——」警察的怒吼劃破了天空。

我們從帆布底下的空隙，看見撕碎的香水紅包袋紙屑，飄散在晴朗的月夜。小關和車隊都把音響音量轉到最大：

蒼天笑　紛紛世上潮
誰負誰勝出天知曉
江山笑　煙雨遙

濤浪濤盡紅塵俗事知多少

清風笑　竟惹寂寥

豪情還剩一襟晚照

啦∫啦啦啦啦

啦∫啦啦啦啦

啦啦、啦啦、啦啦、啦啦、啦啦啦啦啦∫

音量開到最大。飆車族的本色。人生這條路就是要拿來狂飆的啊！過了一座又一座的橋，筆直的高速公路、匝道過彎，我們緊緊抓住貨車側面的扶手，大聲跟著唱。遠方的警報器共髒話齊飛。

橋底下的河流，有一艘華麗的畫舫，掛滿燈籠，不疾不徐跟著我們。

大家合力把木頭送進戲劇系工廠，切割、抛光、組合、鎖螺絲，做成一張長板凳，搬到T大校門口的廣場，和其他座椅一起，讓來到這裡抗議或cosplay的人坐著休息。

「破去坐坐看，夠不夠牢靠？」

他走了過去，用坐、用躺、用趴的，板凳都穩固得不得了。

「到底為什麼要做成板凳？」他問。

我蹲下來摸了摸板凳，就像對待親人的貓咪那樣，笑瞇瞇地回答眼前的破。「這樣樹就可以永遠待在年輕人的屁股下面啦。」

他立刻從板凳上彈跳而起。

願樹在天之靈可以安息。

我跨上淑女車，把打包好的塑膠袋全扔進籃子，全速前進。目標：疏洪道的豆漿店。店沒有名字，但是看到就會知道。

「燒餅一份！牛肉湯五碗！炒烏龍還欠二十個動作快！」穿條紋衫

的大叔吆喝。店裡的服務生和廚師清一色是穿黑衣理平頭的大叔。

應該是約在這裡沒錯吧？

「請上座。」服務生領我到神桌下的位置，端來豆漿和油條。「有不滿意的地方請跟小弟我說。」

「對不起，有事來晚了。」小關帶著一批快遞員走了進來，我們就在這間豆漿店外面的空地集貨。

「這袋是大叔的。」「這是巴頌的。」「小鐵的。」……我將聯絡方式和地址的紙條，一一交到飆車族快遞的手中。

警車不知道從哪裡得到風聲，從疏洪道的另一端出現。

大家縱身跨上機車，戴上安全帽，催動油門離開。

「爽！好久沒被警車追啦！」「笨蛋！來追我啊！」「恁伯要是給你捉到，就學狗叫三聲。」你一言我一語，笑聲為熱鬧的夜晚拉開序幕。

……東西應該會送到吧。

大叔的新居在防火巷裡面，用鐵管搭建寬度不到兩公尺的套房，總共三層樓，還能種花賞鳥。我們一眼就看見了他家門口前前後後滿開的玉蘭花。他還說，茄苳的種子也發芽了，長得十分健康。

學妹回到學校認真排戲，在下一檔學期製作，擔綱演出希臘悲劇的復仇王女米蒂亞，我想她一定沒問題的。

巴頌回家了。靠著武裝船隊護送，回國應該會成為富翁。

小鐵有時住在天橋，有時在地下道或停車場。繼續塗鴉。

沙洲上的瓦礫清掉了，蓋起組合屋工寮。幾個移工站在路邊聊天，有時候會到一個堤防之隔的豆漿店吃東西。那把刀好像真的移不開，最後就被灌水泥了。

夜遊神靜靜看著沙洲的變化。

香腸攤轉移到學校附近，聽說生意很好，好到攤位前面貼滿了名人合照。我們去T大夜市捧場，老闆立刻「噓」地制止，在這裡要是說出「T大夜市」這四個字，等下就會被蓋布袋。

「但我這段時間有存點錢，如果有困難儘管來找我。」

「這個數獨我一直解不開，可以問你嗎？」我從口袋中拿出一本小冊子。

「當然。」老闆的雙手在圍裙上擦了擦，拜託破幫忙顧一下攤位。

我們就一起走到路燈下，無比認真地解謎。

天台廣場拆了。變成一塊停車場。

小關最近被盯上。「我這陣子要去橫濱避風頭，有事來中華街找我。後會有期！」

我跟破走在陌生的街上，風吹來，樹葉發出微弱的聲音。

「你呀，」破說，「未來有什麼打算？」

「我想到處去見識一下這個世界。」

差不多該是說再見的時候。謝謝你陪我走到這裡。

「這樣啊——」他說。「這麼巧，我也這麼想。」

這絕對不是命運的巧合。

是更為高貴的東西。

「我家往這。」他說。

他牽起我的手，往另外一個方向走去。

第七章 超能力校園喜劇

我想我有充分的理由，以有趣之名，寫一齣超能力校園喜劇。這個故事裡面沒有人喝農藥、沒有人上吊、沒有人爬到怪手上面不要命、沒有人無家可歸。只有一名對未來充滿不確定感的青年，遇到擁有超能力的少女。

「會做冰塊的冰箱、大電視還有浴缸——原來你家是酒店！」忽必烈一進到我家，就像劉姥姥進大觀園一樣稀罕地東張西望。

「這……每個人家裡都有吧。」

「如果是我，只要住在這個浴缸裡面就可以了。」

「少爺！」連對我的稱呼都改了，「只要你開口，不管是什麼我都會盡力去做，像是背書包、磨墨、掏耳朵、擦防曬油、把頭靠在大腿上午睡、去鬼屋玩、做便當、交換日記，我都不會拒絕！」

我懶得理她，自己做自己的事，收收信、喝個水，到衣帽間把髒的衣服換下，圍上浴巾。

「好啊，」我推開浴室的門。「就從一起洗澡開始如何？」

「——這是命令嗎？」她看著我，完全不知道這是個玩笑，糟了，她一定會以為這才是我帶她回家的真正目的，覺得我是個糟糕的人吧。

「沒問題。」她爽快回答，好像已經很習慣這樣的事。

我的確是個糟糕的人。

「這個力道還可以嗎？」

我的頭上堆滿了史無前例的泡沫，端坐在自家的洗手台前，按照忽必烈的指示慢慢往後躺，和緩的水流逐漸沖去泡沫，額角、耳際都仔細地清洗過了。「還有哪裡會癢嗎？」她問。「呃，沒有。」「那麼我就退下了。」

留下我跟浴室的四面牆壁。

嗶——嗶——運轉中的洗衣機停了，我走進陽台晾衣服。

天亮了，陽光從窗戶斜射進來，爬過書櫃、冷掉的咖啡、鏡面衣櫥，棲息在少女的臉頰，她頭枕著涼被就睡著了，大概原本沒有要睡的打算，吹風機還放在腳邊的床頭櫃。我拉下窗簾，躺上床，學著她這樣上下顛倒，拉著棉被一角蓋肚子，卻因為棉被都被她壓著無法平均分配。我看著空白的天花板，感到不可思議的安穩，也許這樣的感覺可以稱之為輕鬆吧。這張床就像一艘救生艇，——究竟，我們會駛向何方？

★

我走到樓下轉角的維特咖啡店，阿寬正打著呵欠，移開木栓開店。

「精神不錯嘛，我在新聞看到你，雖然字幕打的是P姓學生，但我一眼就認出你了。那個到底是不是你？」

他搬下桌上的椅子，我也一起幫忙，搬完了就倒在沙發上躺著。

「我什麼都沒做啦。」

「去保護沙洲的事情我們都知道了，別難過，雖然結果失敗了，但你做得很好！學長啊！」

每次他叫我學長，後面的話都可以省略不聽。

「你果然是T大的良心、鐵錚錚的漢子、藝術學院之光！」

「T大沒有藝術學院，我不是跟你講過了嗎？我說寬哥，人怕出名豬怕肥，在下我呢兩個都怕，所以這事千萬保密！」

「保密防諜，人人有責！就包在我身上吧！」看他志得意滿的樣子，我總覺得劇本寫不出來，應該是因為我都跟笨蛋混在一起的關係。

★

學妹來到咖啡店寫報告，碰到正好。

「大叔叫我拿這個給你。」我說。

「他幹嘛不直接給我！」她瞥了我一眼，「你這樣別人會誤會的。」看也不看，一把就抓了過去。

誤會什麼，有什麼好誤會的?!喂！這又不是情人節巧克力有什麼好誤會的。快給我說清楚！學妹戴上全罩式耳機，繼續打字，將世俗的塵囂也就是我，置之度外。

我瞥見那個塑膠袋逐漸張開，露出裡面一團「純棉　台灣製造S」的物事，再加上我之前雖然沒打開、但拿在手裡的柔軟觸感來判斷，不難理解學妹為什麼會這麼憤慨。

我真的太大意了！

「早知道大叔要你轉交的是內褲，就應該叫他去百貨公司買一套的才對！」阿寬說。

「我比較喜歡法式內衣。以學妹的年紀來說，沒有鋼圈也可以，無襯更好。」我點點頭。

等一下，我覺得不是整不整套的這問題！就算叫我拿一整套我也不會再拿給她的。

為了撫慰我受傷的心靈，我只好轉移注意力跟旁邊的客人搭話，他是大學部三年級的學弟，「怎麼樣，店裡音樂還不錯吧？」

學弟竟然回答：「不知道，我只是因為便宜才來的。」

因為便宜才來的，我希望阿寬沒聽到這句話。我相信學戲劇的孩子不會變壞，但其中也有一兩個敗類。

「學長，你覺得我到底要不要念研究所呢？」

一聽到這種無聊的問題，我就說我要去外面抽菸，阿寬說他也去，我懷疑他聽到了那句話。

「感覺你長大了呢。」阿寬說。

「有嗎？」

「什麼時候要畢業？」呃。我好像又回到了原點，煩惱一樣的問題。

「劇本大綱差不多也該決定了吧。」

「其實完全沒有想法。」我說。

「啊，你的靈感女神來了。」

黃色T恤和紫色短褲，這種配色還真不是學校一帶會看到的。忽必烈走在巷子中，短短數十公尺，我已經看到三四個人跟她打招呼。

「這樣走在路上，我怎麼有種她才是咖啡店老闆的錯覺。」我說。

「我不這麼覺得，那應該是里長才對。」

阿寬是對的。

她剛去參加新生茶會，隨手帶了些餅乾分給大家，滿心期待之後的學術研討會，因為菜色更加豪華。在忽必烈心中，研討會和中秋節烤肉大會想必具有同樣的價值。

討人厭又沒有人生目標的學弟拿著手機，走過來問我：「今天有慶功宴要來嗎？」

「要！」忽必烈代替我回答了，然後轉頭問我：「為什麼你有吃的沒告訴我？」

「戲都演完了，我也沒去看，這怎麼好意思。」

「哎呀，如果沒有學長的劇本，我們也許就沒有演出。雖然最後差不多也全部都改掉就是了。」學弟打算緩頰，但很明顯造成了反效果。

「學長說可以，再多訂兩個位置。那我再去問問看那個——」

他講著手機又離開了。

「喔喔，你有寫劇本喔？」瞧不起我的忽必烈問。

「有！我研究所可不是念假的好嗎？雖然畢業劇本的進度是零，但不代表我之前都在混啊。」

★

人如果衰，連走路都會遇到教授。校門口那麼大，為什麼教授偏偏在這個時候出現?!現在回頭也來不及了，我決定主動迎擊，不管是誰，在路上突然被叫住的話，腦子一定會一片空白的吧。

「老師好！」

我就像那種已經想好論文題目擁有玫瑰色未來的年輕人一樣向願景前進。

教授出於反射動作也向我揮手微笑，那種微笑代表他根本不知道我是何許人也。很好，就繼續這樣一邊揮手，一邊逃離吧。

「老師好！」忽必烈也學著我以非常不自然的姿勢前進。

說時遲那時快，雙方電光石火錯身而過的那一剎那，教授開口了：

「你是我們系上的新生嗎？」

「嗯，我剛剛有去參加迎新茶會。」忽必烈你這避重就輕的回答！

「我就說嘛，這麼可愛的女孩子，我是不會看走眼的。還喜歡戲劇系嗎？」

「非常喜歡。」

「很好，希望你能有一段美好的大學時光，人生時時充滿希望。」

教授瞥了我一眼：「那你呢？」

「我是研究生，二年級——」

「我知道。」看起來像笨蛋的教授竟然認得我?!「都已經待了五年能不認得嗎？前陣子大一公演有幫忙，還參加什麼集會遊行，那些勞動服務單都是我簽名的，我說你活動也太多了吧，雖然我年輕的時候也是這樣，但你到底有沒有在寫劇本啊?!」

教授扶著腰，在校門口那張板凳坐了下來。

「出了校門，我們就是朋友。別客氣，坐吧。」

「恭敬不如從命。」忽必烈卸下背包，拿出剩下的餅乾，一邊咀嚼，一邊分給腳底下那些胖得飛不動的鴿子。

教授說起創建當年篳路藍縷，借別的教室到處跑課，戲劇公演也是在廢墟一樣的舊總圖搭台，好不容易才有了自己的劇場。今年系辦在做校務評鑑報告，因為少子化的因素，新生逐漸變少，研究生畢業率低的數據更是雪上加霜，戲劇系可能會面臨被迫解散的命運。

「那你的退休金怎麼辦?!我——可以教你辨識野菜。」忽必烈說。

教授搖搖頭，嘆了口氣，沒想到他有生之年就會看到戲劇系的末日。話說回來，學生也不是非得要畢業不可，不畢業也沒有關係，人品不能用證書來衡量，就像論文的價值不能用期刊的點數來衡量一樣。

「少女啊，以及青年們，無論你們最後能不能畢業，人生的劇本還是要寫下去啊！」周圍一片靜默，原本在校門廣場嬉鬧的學生散了，忽必烈起立鼓掌。我突然發現，我不只是站在蛋的那一邊，恐怕還是笨蛋的那一邊。

「別那樣一副放棄我的樣子，我會繼續寫劇本啦。」

「這是指導教授同意書。」教授從公文袋中迅速抽出一張紙：「我已經簽好，你自己填上名字就可以交到系辦。還有，要交劇本大綱。」

教授的身手之快，只有做直銷的堪可比擬，好像怕我馬上就會反悔，究竟戲劇系上有多缺學生?!還有指導同意書這種東西就跟離婚協議書一樣，應該要兩個人坐下來好好商量，不是這樣丟給我就算了吧?!不負責任的教授似乎聽到我的潛台詞，走了之後馬上折返，可能要跟我討論劇本的主題、結構或引用的理論，結果他只是交代：「大綱不要寫太長，不然我會不想看。」

完全不在乎學生的感受，只是回來講出你的潛台詞而已嘛！

★

校門廣場的人越來越多，還有人帶著瓦斯桶和摺疊桌椅前來。等一下，警察怎麼陰魂不散又來了？我明明在學校很乖，來抓我不用動員這麼大批的警力吧。一個在大熱天還穿西裝的老男人，站上木箱，不知道在講些什麼，然後就昏倒了！我這才想起來他是校長，隨扈前前後後左右攙扶他，離開團團包圍的群眾。坐在地上的叔叔阿姨小朋友也站起來了，推擠著不讓校長脫身，警察則架住這些人，不讓他們影響校長離開的動線。

學弟也出現在這裡。「今天慶功宴改地點了！」

慶功宴的熱炒店要拆了，因為店址在T大的校地上，雙方目前沒有共識。那對帶瓦斯桶來的夫婦就是熱炒店老闆和老闆娘，他們就算失去了店，也不想失去訂位客人的信任，於是改到這裡露天熱炒。

「太好了！我最喜歡路邊辦桌。」忽必烈馬上去幫忙排桌椅。

學生們一擺開椅子，警察就跟在他們屁股後面收拾。

指導教授也走了回來，其實他是擠不出去，乾脆一屁股坐在學生剛放的椅子上面。其他學生也坐在椅子上，甚至橫躺在三張椅子上。警方那邊的首領下令把作亂的學生直接抬走。

「別拉我，我不是學生是教授！」教授對警察這樣說。

「——知識分子都一樣，給我抓起來！」

於是教授就被拉到旁邊去了。

柔性抗暴的學生用鐵鍊把自己跟瓦斯桶鎖在一起。校長不知道何時甦醒過來，在警方與居民中間高喊「禁止在校園內使用暴力」，喃喃念起拉丁文咒語，火紅的光球瞬間往熱炒店老闆攻去。

「住手！」上回碰到的立委大喝一聲，這次不知道是不是本尊，一隻手横在老闆身前，另一隻手按住假髮，張開防護結界。

——魔法大叔請你們變身好嗎?!

不，我揉揉自己的眼睛，確定剛剛看到的不是幻覺，全場無論警方或居民都停下手邊的事，全神貫注盯著這一場超能力激鬥。外面傳言校長研究超能力這件事果然是真的，校長與研究生之間存在絕對的實力差。可惡！人家在研究超能力，我還在這裡想什麼結構跟社會責任，根本跟不上時代。

雙方的戰鬥一直沒什麼進展，大家就坐下來看。

嗶嗶，立委的結界閃爍，戰鬥忽然有了新的事態。

「哼哼，你的電力快沒了吧？」校長獰笑。

「你才是，火球亮度那麼高，我看你還能撐多久？」立委反唇相稽。

結果他們的超能力似乎是3D立體投影的樣子，科技原來已經進展到這個程度啦。

「好！一個小時後再戰。三、二、一、停。」雙方因為電力不足而中場休息。

「是誰？」

比黃昏更昏暗者

比血流更紅豔者

「不是說好暫停了嗎？你這骯髒說話不算話亂開選舉支票的立委！」校長暴怒。

「就說了不是我啊！我要告你妨害名譽！」立委怒髮衝冠。

將那攔阻在吾前方的
所有愚昧者
藉由吾與汝之力
一律予以毀滅

——龍破斬的咒語。

真正的魔法大叔出現了！

「我必須守護我愛的世界。」他說，「還有熱炒店的未來。」

「教授！」他整個人飄浮在警衛室上方，神色哀傷地望著我們這些癡傻的群眾。教授舉起手，一陣溫暖甚至可以說根本是熱的光束照耀我們四周。

「真正的超能力，不會因為電力而暫停。」教授的話讓那兩個人抬不起頭來。然後正色道：「大家知道嗎，戲劇的起源自遠古以來，就是儀式的力量！」

「悲劇也好、喜劇也罷，戲劇都是人類累積智慧的一種方式，當然現在的各位有更多接觸知識的機會，但戲劇這個最早的工具始終沒有消失，而且還以各式各樣的方式被傳遞。我想說的是，這個世界本來就應該有很多聲音，希望各位努力去找出自己的超能力。我認為教育應該是讓美麗的少年少女在上學路上看到拒馬時，就自動站在雞蛋的那一邊，而不是擔心上課遲到。今天熱炒店已經站出來了，但跟他們隔一條街的國中卻是事不關己的樣子，學生本身沒有錯，但我想做老師的應該告訴他們這塊土地上發生了什麼事。所以我現在才站在這裡，跟我們的學生說，你們做得沒錯。」

廣場旁邊正好經過兩名揹書包的國中生，他們看見這邊的情況不太妙，但也沒停下腳步搞清楚是怎麼一回事。

「他們在幹嘛？」

「Cosplay吧。」

「老人還真閒，不如來幫我們寫作業。」

冷淡的國中生、熱血的歐吉桑，你們角色應該交換才對吧?!別走啊！我們可是為了大家的未來在戰鬥！你們難道不想用自己的雙手改變世界嗎？

國中生的對話繼續。

「紅燈好像根本不會轉綠耶。」

「嗯，從我們開始等到現在，已經過了一個小時。」

「我想世界末日差不多要來了吧。」

「好期待啊。」

「希望不要有人來救我們。」

「我希望永遠都是紅燈，這樣就不用回家。」

太晦暗的青春了！這兩位國中生你們到底都看什麼書長大的啊?!

不過，如果校園周圍的斑馬線同時亮起紅燈，那就表示這裡成了一座孤島，對面馬路上逛街的人潮洶湧依舊，大概沒發現學校這邊的活動跟演唱會有什麼不一樣。

燈光三明三暗，這是戲開演的暗號。

但我們對接下來的劇目一無所知，只聽見教授大喊：「全員撤退！」

周遭陷入一片黑暗，只有地面的螢光膠帶散發出黯淡的光芒，那是撤退的路徑。

★

我們從戲劇系館退到魚類標本館，水族箱的魚非常巨大，毫無表情看著來來往往的人群。

女生宿舍的大門開啟，並且在警方趕到之前關閉。宿舍大門是集結所有菁英少女所研發的堅固堡壘，如果發生核戰，這裡也一定能留下人類的文明。

撤退的終點是劇場。

剛開始，警方一時之間不知道要不要踏入校園。這也是拜帝大時期的浮誇風氣所賜，其實校門口只需要通行的功用，但當時建築師硬是徵收了超過需要的地，讓人進校門之後要轉彎才能看到主要幹道，結果今天反而成了我們的最佳掩護。等校長發現我們的戰略，立刻下令「盡情攻堅鹿鳴堂，生死不拘！」

警方跟我們沒什麼深仇大恨，不過是混口飯吃，所以沒必要趕盡殺絕。於是那些溫柔的警察哥哥姊姊只是包圍劇場，在外面用大聲公說：

「同學！你們不要鬧彆扭，趕快出來好不好？」「肚子餓了嗎？這裡有香噴噴的牛肉火鍋唷。」「你們已經在裡面七十二小時，真的很努力，校長說他很感動……」大致上是這種勸導台詞，只是每個小時都會像鬧鐘一樣自動響起。

其實我們把整個熱炒店的存貨都搬來了，要吃牛肉火鍋的話這裡也有。至於糧草的話，便利商店自從橋上的吃到飽事件，公司內部規定禁止拿過期福利品支援運動。但菜市場的大家情義相挺，另一方面也是他們的田被徵收得差不多，與其被怪手鏟掉，不如自己挖起來送學生吃掉。而且在戲劇系全體師生的改造下，這個劇場跟熱炒店也相去不遠。以抗爭的水準來說，算是無憂無慮的日子，只是苦了本來預定在這裡演出的劇團。結果他們只好將就在樓下的大廳演出，因為警察人數很多，所以票房好像還不錯的樣子。

★

第七天了。看著陽台下團團包圍的警力，我打了個呵欠，對方也是無精打采，總之彼此都對這個畫面很熟悉，熟悉到不在乎看到對方睡眼惺忪的臉。什麼嘛，這樣不就跟相處很久的戀人一樣了嗎？

一想到這就讓人心情很差。

我只是個平凡的研究生，只想寫個好劇本，又不是名偵探，為什麼到哪裡都會倒楣，連學校都失去了現實感。也許我真的考錯大學。校長、學生、老師、附近的鄰居都陷入混亂，相信警察一定也很想下班。

大叔倚著欄杆，光明正大在校內點菸。「我說啊，你們念大學到底是為了什麼呢？」

學妹想了想。「不想變成一個無趣的人。國小、國中、高中，所有人都在把我們加工成人肉罐頭，我以為大學也是，但是到最近才知道，大學裡面聚集了世界上所有瘋子。」

我認為學妹會有這樣的想法，戲劇系要負絕大部分的責任。

「這樣學費繳得就有值得了。」大叔咧嘴笑了笑。「不然我怎麼看這群在大學鬼混的傢伙，實在跟遊民沒兩樣。」

「馮內果說過，『你發現了嗎？所有偉大的文學作品寫的都是無賴的故事，白鯨記、頑童歷險記、戰地春夢、紅字、伊里亞德、奧德賽、聖經都是。』」忽必烈做了意義不明的注解。

「喂你這是吐槽嗎？」我說。

「怎麼會，當然是稱讚啊。」

但我怎麼聽都覺得這是吐槽，想說點什麼，但又說不出什麼令人印象深刻的台詞，只好算了。

熱炒店老闆接到風聲，告訴大家店已經被拆了，但他還是不想放棄，打算原地重建。教授點點頭，決定由他第一個走出去，接受逮捕。

結果在外等候的媒體蜂擁而上。

「老師！請問超能力是真的嗎？」「那就是傳說中的龍破斬嗎？」

「超能力的定義究竟是什麼？」「老師！」「老師！」

完全不關心我們的訴求，只關心超能力的議題。

「不意外，就跟吃到飽的茶泡飯一樣。」忽必烈說。

「超能力是假的，只是用換景和燈光做的。不過我們戲劇系人多，有堅強的幕後團隊，所以做起來比較華麗。別忘了，戲劇系才是超越現實的專家。歡迎年輕學子報考T大戲劇學系！」教授一臉疲累但不失精神地答覆。

我們都知道假超能力這件事了，但請不要在這種時候招生，這段一定會被剪掉的。雖然超能力是假的，迫遷卻是真的。

學生和居民被警察上了手銬往前走，一個串一個，就像燒烤肉串一樣，走不到一百公尺，就進了鹿鳴堂旁邊那個我從沒進去過的警局問話。偶爾敦親睦鄰也是應該的，嗯，我這樣告訴自己，一定要好好回答人生第一次的筆錄。

派出所牆上的標語：服從、整潔、效率、熱忱。

★

學妹進了派出所之後，開始徹底行使緘默權。大叔趕在其他家屬之前，第一個衝進警局。

「警察大人，求求你們，都是我這個父親沒教好。」說完就重重打了自己一巴掌。

「大哥別這樣，我們警察的心也不是鐵打的。」

那一定是屎做的，我怎麼看你們都沒有要放人的意思。學妹咬著嘴唇繼續緘默，大叔什麼也不管就下跪，遞出用報紙包的一整捆現金，臉上老淚縱橫。

「千萬不要留案底，這樣她以後怎麼嫁人！」

「我不要嫁！」這是學妹進警局後說的第一句話，也是最後一句。

可能是怕事情鬧大，警察匆匆做完筆錄，學妹只負責點頭和搖頭，父女兩人無言地離開警局。

學弟在抗爭的這個禮拜胖了五公斤。毫無疑問是吃太好的關係。爺爺一看到他就說：「唉唷怎麼吃得這麼肥！」

然後押著他的頭說：「還不趕快謝謝警察大人。」

這就是所謂的大團圓吧，當然也有學生被父母滿場追打這種戲碼，不知不覺間就輪到我了。

「叫什麼名字？」我對面的警察問。

「破。」

警察看著我的學生證皺了一下眉頭，繼續下一個問題。

「你是學生嗎？」

「是。我是個笨蛋。」

「為什麼會來這裡？」

「因為我想要改變世界。」

他轉頭跟旁邊的同事笑說，「這個人書讀太多，腦子壞掉了。」

「我腦子的確不好，但書一點都沒有讀喔。」

「好可憐，別問了，放他回家吧。」看起來很慈祥的女警說。

「那怎麼行，」看起來剛上任的年輕女警說，「這種頑劣的學生讓我代替他父母來管教。」

「學生證拿著，」她對我說，「不是用手，像狗一樣給我咬著。」

如果以為女警應該比較溫柔，那就錯了。訊問我的警察比我本人更害怕地遞出學生證，我乖乖地用牙齒咬著。

「跟我過來。」鞋跟踐踏地板的聲音，響亮地劃過派出所，全場的目光都盯著我跟她。那些竊竊私語也緊黏在我們背後。

「好強悍的新同事。」

「我怎麼都不知道新同事要來的消息？」

「誰知道，等一下再去看公布欄的人事命令。快中午了，趕快做筆錄。下一個！」

喀啦喀啦。

我盡量抬頭挺胸跟著年輕女警，覺得自己又沒做錯什麼事。低頭咬著學生證的話，口水都要流出來了，那樣我的註冊章會糊掉的。

但我還是注意到她裙下穿的不是高跟鞋，而是木屐，但別的警察在所裡也是穿藍白拖，沒什麼好稀奇的。我們一路走出警局側門，繞過小花園，走進戲劇系館，到了公用洗手台旁邊，女警停下腳步，我心頭一驚，是浸水還是其他會流血的方式嗎……

她轉過身來，輕輕一笑，「我這樣穿很酷吧。」

「忽必烈！」我吐掉學生證，「你怎麼會在這裡？」

「你不是說過，我們要永遠在一起嗎？」她笑瞇瞇地回答。

我恍惚地看著眼前的少女，你真的擁有把修羅場變成遊樂場的超能力啊。

校門廣場前是戲劇系拆台的光景，學弟妹努力撕掉地面的螢光膠帶，全系被校長室直接下達勞動服務命令，連系辦也無法包庇，除了要打掃整個校區之外，表演龍破斬那天的舞台、燈光、服裝和道具也要歸位。我們加入大家的行列，卸掉螺絲，捆起電線。在明亮的日光底下，收拾夢境的遺跡。

經歷了超現實的一切，我終於明白了一件事，那就是——不要逃避現實！不論這個現實是如何怪異、怪異，除了怪異還是怪異。我從口袋拿出摺了又摺的指導教授同意書，簽下自己的名字，然後在同意書背面寫下劇本大綱：

「劇場有什麼用？」「那你怎麼還不去死？別浪費氧氣！」

超能力校長 vs. 戲劇系教授

〔長髮紛飛的校長拔出光劍狂笑不止〕

〔燃燒的鹿鳴堂〕

〔旋轉中的教授裸身發功〕

〔瞳孔放大〕

〔五芒星魔法陣召喚而出的黑暗力量〕

〔流淚的少女〕

〔跑步衝刺的一大群學生〕

〔櫻花紛飛〕

〔雙手緊緊相握〕

〔命運中絕對不可以相遇的青年和少女〕

〔白鴿飛天〕

學術期刊的點數、少子化的憂鬱、被迫廢系的危機、財團的利益、政治的黑箱作業、媒體、核彈、災難、歷史的傷痕、尚未結束的戰爭

——老實說這些都無關緊要

愛、勇氣、希望

「就算戲劇系因為叛變被廢除，我也要寫下不朽的劇本！」

★

字卡、對白、畫面、角色大概是這樣。

身為一名編劇，需要讓情節合理推展到結局的最後一步。但我向來不是一個高明的棋手，也不是一個耐心的讀者，要成為一名優秀的編劇大概也有很長的路要走。我看電影只喜歡看預告，看戲的時候只關心導演理念，然後就開始吐槽。可以的話，請讓我寫一個全部都是預告的劇本吧。

看書的人可以直接翻到小說的最後一頁，看戲的人不行。劇本這種東西很講究布局和高潮，可惜我在這方面一點天分也沒有，只能盡力朝讓大家覺得「這世界好像有一絲絲有趣喔」、「活著也不是那麼糟嘛」這樣的目標前進。

話說回來，就連有趣這點大江健三郎也講過了，他在採訪中談過自己的小說：「未來或許會有少數讀者著迷地認為『這很有趣』。我想，這時我就會化作妖怪來到人世，對他們說：『是的，我寫了有趣的故事！』」

王小波說得更貼切：「不僅是我，大家都快要忘記有趣是什麼了。」

因此，我想我有充分的理由，以有趣之名，寫一齣超能力校園喜劇。這個故事裡面沒有人喝農藥、沒有人上吊、沒有人爬到怪手上面不要命、沒有人無家可歸。只有一名對未來充滿不確定感的青年，遇到擁有超能力的少女。

周遊天下、獵奇尋寶，用自己的眼睛確認現實長成什麼樣子。

這一切的開端又是什麼呢？

決定了！就從一名少女踏著機械人步子開始吧。

後記

謝幕

我大學畢業的時候很迷惘，就去找有名的算命師算紫微斗數，師傅嘩啦嘩啦講了一堆，像是性格剛強有貴人相助，適合往文書教職發展，聽完我只問一句：「能不能成為作家？」會問這個問題，可見當時的我有多迷惘。後來進了研究所，遇見駱以軍老師，他也幫我排了命盤，說是命主武曲貪狼，年輕的時候要多吃苦。吃苦算什麼，哪個作家沒吃過苦，但我比較在意為什麼自己不是文曲星下凡？算了我也不懂命理，能寫就好。那年我二十三歲，決定全力衝刺寫小說。現在想來，我根本不該讓算命左右自己的命運啊。

二〇〇九年，我用兩個禮拜寫完人生第一部中篇小說（六萬字），這個作品對大家來說不重要，重要的是我在過程中開始懷疑「小說一定要這樣寫嗎」、「小說到底是什麼」，這次花了近八個月，試著用《少女忽必烈》來解答這些疑問。完稿後投了三種取向不同的文學獎，全數落榜。期間不斷修改，並轉向出版社詢問，其中有兩家給我鼓勵，但他們有興趣的是另外一部跟忽必烈迥異的家族史小說。（為了讓更多人感染我的文學狂熱病毒，嘗試過各種無法辨認作者的風格。）

差不多要放棄的時候，印刻來電說願意出版忽必烈，接受我的出格暴投。一年後，《少女忽必烈》在雜誌發表，一舉登上珍貴的封面，不得不說是奇蹟。雖然我自己在寫作的時候，不免懷疑這是純文學嗎？但這件事應該不是我說了算，得由讀者決定。況且說到底，文學藝術不就是為了安置這些危險心靈而存在的嗎？寫作這五年來，二重疏洪道、三重大同南路、普安堂、華光社區、士林王家或拆遷或毀壞，捷運迴龍線也開始通車，我不得不問自己，在這些變遷之中，小說究竟處在怎樣的位置。或問，我的小說能不能安置那些在現實中已經失去或即將失去的東西，能不能回應自己當初的迷惘？

這本書能夠在亂世中出版，首先要感謝印刻初安民先生及編輯群、戲劇系、我的母親和我的父親，雖然他生前來不及看到我的小說出版，但相信燒毀受損庫存的時候，應該能收到幾本。最後，感謝破和忽必烈的陪伴，還有看到這裡的讀者，是你們讓這樣的迷惘有了意義。

——寫於二〇一四年四月一日

附錄

請站在忽必烈這一邊

——陳文津答印刻編輯部

編：作為文壇的新鮮人，還沒出版過書的創作青春新血，讀者可能普遍還未接觸過你的作品，但你其實已經在一些文學競技場上屢有佳績，想請你回到創作的最初時光，談談你從幾歲開始萌芽的創作初心，談談第一篇完成的小說，以及你的文學啟蒙讀物或是成長經驗啟發的？

陳：我曾經以為書中講的事都是真的，相信世上必然有過這種情節，只是還沒遇到。國二首度投稿散文，紀念轉學的同學。對那時的我來說，書本是對抗學校的武器，手中的筆和計算紙也是，現在或許手機也是。十七歲那年，見識同學的詩（年輕而強大的靈魂）之後，我知道自己不是那麼純粹的人，放棄寫詩。之後寫短文、劇本，但我還是認不出自己的作品。讀書期間只確定了一件事：想成為一名創作者。卜洛克說過，想成為作家，和寫出好作品是不同的事。

寫小說始於二十三歲。閱讀《涼宮春日的憂鬱》時，谷川流（竟然是他我很抱歉）讓我看見從前沒看過的東西，同時覺得：這個我也會。大學畢業後開始有目標投稿，入場券我拿得很吃力，落選的多於上榜，用大家都懂的道理、描寫可以掌握的東西，這樣說話可以比較大聲，但我實在沒轍，只好轉而支持昆德拉說的「一部小說如果沒有發現一件至今不為人知的事物，是不道德的」。

編：《少女忽必烈》是一部近七萬字的小說，這是你首次的中長篇的試驗成果吧？這個故事總共有七個章節，每個章節裡面的敘述又被劃成不少片段，轉場很多，看似瑣碎卻分鏡靈活，情節畫面頗具動態感（讓我想起一部動畫片《惡童當街》）。請問這個故事你當初是如何開始的，寫作的過程與狀態，寫了多久？

陳：其實是第二本。此前用兩週寫了一篇架空的輕小說，與忽必烈同時，則平行寫作日本時代的BL小說。寫作時我跟破同年，對寫作這件事充滿熱情，對什麼事都看不順眼，什麼都可以寫。我在三重成長，每天打著瞌睡搭車過橋，常看到橋下的遊民，在堤防和橋面的夾縫間，放著雙人彈簧床墊，床墊旁有酒瓶，我匆匆忙忙上學，他們卻在曬太陽，讓人很想跟他們交換身分。寫作的這幾年來，我家附近的地都被鏟平了，面積足以用公頃計算，橋下的彈簧床不見了，圍了鐵皮。連三重市這個地名都改了。

忽必烈跟著我東征西討、數度落馬，期間刪改如果全部湊起來有二十萬字，其實蠻慘烈的。我原是那種寫了就不管的人，但想到《過於喧囂的孤獨》和《大師與瑪格麗特》經過多次刪改，改變自己的寫作習慣就不算什麼了。這四年間，歷經三回修正、兩次失控，倒楣的朋友都看過這些版本。相信我，這次不是最失控的版本。在不斷重寫的過程中，我一開始是追求強大、嚴格的訓練，現在則是試圖尋找座標。有過閉關寫作全心投入的時刻，也有過一邊上班，一天寫一兩小時的生活。總之，長期抗戰和游擊戰都試過。跟《惡童當街》一樣，我的主題是城市，然後開始搭景。可是我的人生比小說還早開始轉折，家中誤簽都更同意書，相關人士都說無解，因而認識了抗爭的夥伴們，這才發現卡夫卡的土地測量員是真的。確實有個模糊的敵人存在。這個事實令人無助，但身為創作者的我卻突然驚醒，如果我是一名貨真價實的作家，那現在，就是我的主題來找我了。

編：現在講到少女，可能會聯想到跟萌有關的意象，無辜的蘿莉塔式樣，被保護豢養的；但你的少女叫「忽必烈」，無賴的城市遊民

（俠），飄泊在不定的沙洲，不失可愛的她充滿獨特的想法與社會意識想改變世界。另外一個主人翁是一個年輕男學生，也取了相當耐人尋味的名字叫「破」。在小說中觸及了當今許多社會的重要議題，可你藉由這些特別的角色突顯傳達或去解決的方法卻也是卡通式的，最後的「公理正義和平愛勇氣希望」高高舉起，卻消散風中，這是你的感慨嗎？

陳：絕對不會消失的，我們還在，在任何時刻、任何地點、任何形式，都有在戰鬥的人。雖然我都在搞笑，但我是認真的。雖然我很弱，但是並不感傷。也許很接近虛耗，但一定會接近目標。

編：《少女忽必烈》的語言風格輕快活潑，每每在快要進入嚴肅課題之處就轉了個彎改以一種搞笑戲謔的方式來鋪排場面，這種無厘頭的樂觀力量好像是要來抵抗現實世故的虛無冷漠；在超現實的劇情裡，實則又涉及到許多有根有據的人事實地物，這也形成了另一股反諷令人發噱的強烈力道，閱讀下來趣味十足。你特意安排這種有趣效果的用心為何？你心目中可有理想的讀者？

陳：我是個嚴肅的人，直到大學上導演課時，我發現其他人在看戲的時候會笑，但我不會，因為我覺得不好笑。老師說，那你就看看別人在何時笑、為什麼笑，那之後我努力掌握幽默感，把笑當作一種技術，結果我似乎會在別人沒發現的地方找到笑點。我只寫自己想看的東西。理想讀者跟主角一樣是年輕人，過去和未來的年輕人都算在內。

編：在小說裡幾次提到了電影，例如少女忽必烈在夜市鞋壞了，拿膠帶把紙杯纏在腳上當鞋子，就是岩井俊二電影《花與愛莉絲》最後的橋段，而在天台戲院部分，電梯的錯身和追逐的場面調度，更以電影銀幕作為世界的轉換面，對現在很多年輕一輩來說，電影的經驗漸漸取代了原本對書本的閱讀，你怎麼看待這個現象？

陳：即使是電影，現在也逐漸式微，臉書和網路的傳播讓創作更容易被看見，但相對也變得廣泛和稀薄，從前那種中央集權式的標準不見了。我懷抱著對電影的愛，以破的身分地位來說，關心電影也是應該的。我喜歡電影這個疏離又專橫的表現形式，但在製作電影過程中不免要跟人合作，並非看起來那麼疏離，我有表達能力障礙，做電影對我來說太難了。不管原本的源頭怎麼流失，但小說、廣播、電視都還在，沒有誰真的被取代，頂多被削弱。分流又合流，同樣的東西重組之後，往往會有新的事物產生。所以，如果用文字只能做到電影也能做的事，那就完了，還好前輩小說家已經殺出許許多多生路，我們就繼續衝鋒陷陣吧。

編：妳曾參與都更受害者聯盟，並把那個經驗寫入小說中，你選擇用一種如同《神隱少女》動畫裡的歡樂宴會胡鬧派對的方式把政府徵地等相關嚴肅的事件表現出來，在以前小說曾經是對社會現況極具有感染力的發聲方式，你認為在現在的環境下，藉由小說創作能做到怎樣的程度？

陳：我想讓這件事被看見。即使我的觀察角度可能是錯的，小說用輕鬆的語調，抗爭的過程當然不是這樣。我知道自己冒著風險，要小心不要消費夥伴的努力，更沒有資格代表誰，老實說跟勇敢的鬥士比起來，我什麼也不懂。小說無法立即解決任何問題，也不該聲嘶力竭亂喊一通。這部作品首先是小說，然後有了主題，以這個優先順序存在。雖然不能改變世界，但我想要藉由小說改變歷史，就跟《三國演義》一樣，讓人站在作者這一邊，成為史家最討厭的人。以假亂真、以小說覆蓋現實，這話語的力量跟網路謠言一樣，會讓人懷疑「真的假的」，但只要讓人去思考這個主題，那我的小說創作就有了意義。馬奎斯說「小說中只要有一件事是真的，整個作品就能站得住腳」以及「遲早人們寧可相信作家，勝於相信政府」。我，把賭注全部押在這了。忽必烈整體是輕飄飄的、快樂的，但如果你躺在上面覺得被刺到了，然後扒開棉絮發現了一根針，那恭喜你，找到了最重要的東西。

編：美國小說家尼爾．蓋曼有一本《美國眾神》，描述在當代的神祇為了求生存而化為各種人的形象藏身社會中。妳的小說中也有出現一些神祇精靈，如夜遊神、茄冬樹精、土地公、關公……等等，而這些神祇精靈化作各種流浪漢、遊民、以一般人的形象藏身人群裡，而祂們的形象幾乎是小孩、或是偏向柔弱斯文的性格，並且受到「人」的威脅迫害，信仰不再存在、不再被尊重，你脫出寫實的世界框架，用一種較奇幻的方式去敘述，你選擇這樣的設定是否有什麼特別想要傳達的？

陳：在二十一世紀的現在，可能只有神才有變形的特權。我很喜歡《美國眾神》裡面的描寫，古老的說故事傳統，牽著讀者的好奇心走，重點是眾神在小說中變形，而日常生活也因此重構，這使得小說可以突圍，人類也可以突破限制。因為我是悲觀的人，覺得人的性格絕對不會改變，衝突也不會被解決，而且神不會受傷，就算怎麼了，傷害程度也降到最低。另外是我住的地方，兩條街就有六間廟，最近還有增加的趨勢。對我這麼一個難以分辨現實界線的人，神大概是一種身分認同。

編：看你自書的作者簡歷，文的武的都來，再對照小說，你所參用的文本範圍相當廣泛，電影，動漫，文學，戲劇，而且從流行到經典都有，也粗俗也正經，生葷不忌，妙的是它竟可以被雜燴一鍋。你們到底是吃什麼長大的，實在令人好奇。你看到你同代人的閱聽與寫作趨向為何？

陳：我讀的東西跟身旁的人差不多。但寫作忽必烈時，意識到吞吐量的問題。電影裡面有音樂和時間，小說裡面可以包含詩歌和散文，我想找到一個舞台，可以承載我所知道的一切，那是電影、遊戲、戲劇、小說共存的舞台，雖然我自己把天台和沙洲的布景拆了，但舞台還在，也留下一些延展性。

我不敢為大家代言，但就我所知的同代人都很誠懇，甚至可以說是老實，著眼的都是有感的事，無論是書寫自己的親族、經歷、工作都是，不過好像少了點笑聲。所以，我決定試試看。影響我最大的是動畫導演，《盜夢偵探》的主題是節奏感，我好像發現了那個我也會的東西，儘管作品本身有不足之處，那之後我看了《東京教父》，對今敏的逝去心痛不已，決定把他放下的接力棒拿起來，繼續跑下去。

編：最後了，你曾說把寫作當志業，目前還是嗎？想像一個未來影像吧，關於少女忽必烈開疆闢土的草原，那裡將會有些什麼被踐履或創造出來。

陳：什麼?!我竟然說過這麼丟臉的話！志業這種話可以掛在嘴邊嗎？不

知天高地厚！容我二十年後再回答這個問題。當山崎豐子寫出了代表作想退休，覺得這輩子夠了，結果被說「要邊寫，邊踏入棺材，那才叫作家」。套句舞台設計老師的話，熱情是你發現自己可以一直做下去，也不會膩的事，對我來說，小說就是這樣的東西。我不知道有多少人會站在忽必烈這邊，就我所知，兩個（對不起我的朋友實在太少了）。不過我不會只寫一本，只要有一個人站在我這邊，那我就會繼續下去。未來圖景是，希望有人在閱讀的過程中，覺得「這個我也會」，然後去創作。這樣，我就把從別人那邊借來的溫暖美好的東西，確實傳出去了。

——原刊於《印刻文學生活誌》二〇一三年九月創刊十周年紀念號第一二一期

INK PUBLISHING 印刻文學 400
少女忽必烈

作　　者　陳又津
總 編 輯　初安民
責任編輯　宋敏菁
美術編輯　黃昶憲
校　　對　吳美滿 宋敏菁 陳又津

發 行 人　張書銘
出　　版　INK印刻文學生活雜誌出版有限公司
新北市中和區建一路249號8樓
電　　話　02-22281626
傳　　眞　02-22281598
e-mail　ink.book@msa.hinet.net
網　　址　舒讀網http://www.sudu.cc

法律顧問　漢廷法律事務所
劉大正律師
總 經 銷　成陽出版股份有限公司
電　　話　03-3589000（代表號）
傳　　眞　03-3556521
郵政劃撥　19000691 成陽出版股份有限公司
印　　刷　海王印刷事業股份有限公司

港澳總經銷　泛華發行代理有限公司
地　　址　香港筲箕灣東旺道3號星島新聞集團大廈3樓
電　　話　852-27982220
傳　　眞　852-27965471
網　　址　www.gccd.com.hk

出版日期　2014年 5 月　初版
ISBN　978-986-5823-74-0

定　價　299元

國家圖書館出版品預行編目資料

少女忽必烈 / 陳又津著
--初版, --新北市中和區：INK印刻文學,
2014.5　面；14.8 × 21公分.（印刻文學；400）
ISBN　978-986-5823-74-0（平裝）
857.7　103005639

贊助單位：文化部 MINISTRY OF CULTURE